KB078508

괴물
포식자

괴물 포식자 1

철순 장편소설

초판 1쇄 찍은 날 § 2016년 5월 20일
초판 1쇄 펴낸 날 § 2016년 5월 27일

지은이 § 철순
펴낸이 § 서경석

편집책임 § 이재림

펴낸곳 § 도서출판 청어람
등록번호 § 제387-1999-000006호
등록일자 § 1999. 5. 31
어람번호 § 제1-2438호

주소 § 경기도 부천시 원미구 부일로 483번길 40 서경B/D 3F (우) 14640
전화 § 032-656-4452 팩스 § 032-656-4453
http://www.chungeoram.com
E-mail § chungeorambook@daum.net

ⓒ 철순, 2016

ISBN 979-11-04-90818-7 04810
ISBN 979-11-04-90817-0`(세트)

1

괴물 포식자

철순 장편소설

FUSION FANTASTIC STORY

도서출판 청람

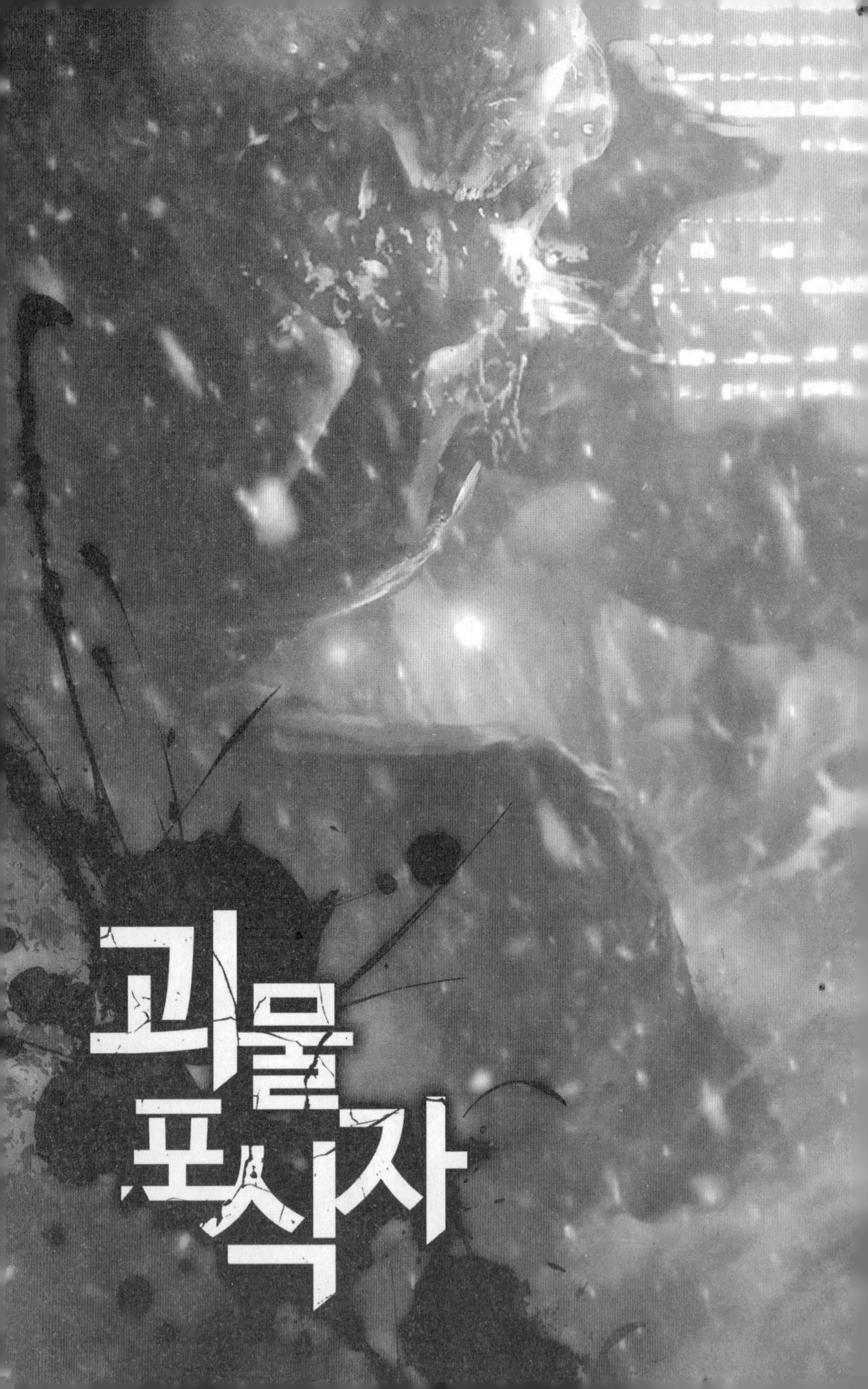
괴물
포식자

Contents

프롤로그

"나를 버려라."

"형님……!"

윤태수, 김민희, 백종화.

세 사람의 눈시울이 붉어졌다.

"나는 너희를 모른다. 너희도 나를 잊어라."

"형님!"

말을 마치고 차원문을 나온 순간.

수백의 각성자가 나를 포위하고 있었다.

"신혁돈!"

각성자들의 필두에 선 사내, 최태성이 비릿한 미소를 짓고 있다.

"인체를 대상으로 한 생체 실험, 민간인 학살, 각성자 살인, 재물 손괴, 방화… 네가 지은 죄목이다. 이의 있나?"

"지랄하네."

생체실험?

무식해서 그런 거 할 줄 모른다.

그저 얻은 힘을 사용했을 뿐이다.

인류를 학살했다?

나의 힘을 노리고 습격한 암살자들을 죽였을 뿐이다.

그게 정부의 개인지, 거대 길드의 암살자들인지 알 바인가.

"죽이러 왔으면 목이나 따갈 것이지 아가리를 털어?"

"이 새끼가 끝까지!"

최태성은 내가 무릎을 꿇고 비는 모습이라도 상상한 것인지 혼자 열을 냈다.

개새끼.

싹이 보일 때 잘라냈어야 하는 건데.

하지만 돌이킬 수 없었다.

단 세 명을 제외한 모든 인류가 적으로 돌아섰다.

강해져서 모두를 지키고 싶다는 열망 하나로 여기까지 달려왔으나 그것을 알아주는 사람은 세 명뿐이다.

세상은 내가 차원을 넘어온 괴물을 먹는다는 이유만으로 나를 괴물로 규정지었다.

아니, 그것만이 이유는 아닐 것이다.

나는 너무 강했다.

거대 길드를 넘어서 다른 국가들까지 나를 원했으나 나는 권력놀이에 관심이 없었다.

그저 지구를 침략하는 괴물들을 막아내고 나의 한계를 시험하는 것이 즐거울 뿐이었다.

그게 독이 될 줄은 몰랐다.

"쳐라!"

최태성의 말과 동시에 수백의 각성자들이 서서히 다가왔다.

[고르곤의 피부, 메두사의 눈, 발로그의 힘.]

[스킬 합성.]

[스킬 '포식자' 발동.]

포식자가 발동된 순간 피부가 갈라지는 것이 느껴지고 온몸 가득 힘이 넘쳤다.

"막아!"

최태성의 고함 소리와 동시에 수없이 많은 공격이 쏟아졌으나 고르곤의 피부를 뚫을 수 있는 것은 없다.

변화가 끝난 순간,

[잠식이 시작됩니다.]
[잠식 진행률 : 1%… 2%…….]

"쿠어어!"

3m가 넘는 체구에 용암이 끓는 듯한 피부, 숨을 쉴 때마다 숨결 대신 불길이 뿜어져 나오는 포식자가 되었다.

나는 오늘 여기서 죽을 것이다.

하지만 곱게 죽어줄 생각은 없다.

"쿠아아!"

수천 도의 온도로 끓는 용암과 같은 고르곤의 피부.

눈이 마주치는 이들을 1초간 석화시키는 메두사의 눈.

모든 화염을 다루는 발로그의 힘.

세 가지 힘이 합쳐지며 폭풍처럼 몰아쳤다.

나의 손에 들린 불의 채찍이 휘둘러질 때마다 수십의 각성자가 쓸려 나갔다.

그와 동시에 수백 개의 공격이 몸에 꽂혔다.

하지만 신경 쓰지 않는다.

최태성, 그놈 하나만큼은 데려갈 것이다.

"죽어!"

누군가의 외침과 함께 창이 날아들었다. 팅 하는 미약한 소리와 함께 피부조차 뚫지 못한 창이 바닥으로 떨어졌다.

"맙소사! 괴물이야!"

"크르르……."

창을 던진 이와 눈이 마주친 순간, 나의 마음을 헤아린 불의 채찍이 그의 가슴을 꿰뚫었다.

"컥!"

[잠식 진행률 : 85%… 86%……]

시간이 없다.

마치 생명을 태우듯 힘은 끊임없이 솟아났다. 그에 비례해 잠식의 진행률 또한 빨라지고 있었다.

그때, 최태성이 눈에 들어왔다.

"크아아!"

후웅! 콰!

3m가 넘는 거구가 하늘을 날아 최태성의 앞에 떨어졌다. 그와 동시에 휘둘러지는 불의 채찍.

콰! 콰! 콰!

어디선가 나타난 네 명의 사람이 나와 최태성의 사이를 막아섰다.

비켜라!

전투를 시작한 이후 최초로 나의 채찍이 가로막혔다.

"막아! 막으란 말이야!"

공포에 질린 최태성의 목소리와 함께 네 사람의 합공이 시작되었다.

한두 번 합을 맞춰본 것이 아닌 실력.

이길 자신은 있었다.

문제는 시간.

[잠식 진행률 : 95%… 96%……]

"우어!"

기합을 뱉음과 동시에 모든 힘을 개방했다. 순간 기세에 밀린 네 사람이 뒷걸음질 쳤다.

그 순간 나의 양손에 들려 있던 불의 채찍이 최태성에게 날아갔다.

너만은 데려가고 말겠다!

[잠식 진행률 : 99%.]

콰쾅!

엄청난 폭음과 함께 먼지가 피어올랐다.

죽였나?

생각한 순간 먼지가 걷히며 새하얀 보호막과 그 안에서 겁
에 질린 표정을 하고 있는 최태성의 얼굴이 보였다.

씨발!

저 새끼만은!

다시 한 번 공격을 위해 손을 뻗은 순간,

[100%.]

전기 퓨즈가 끊기듯 시야가 어두워지며 온몸의 감각이 멀
어졌다.

[잠식이 100%에 달했습니다.]

[신체 균형이 무너졌습니다.]

[신체 균형 : 3%… 2%… 1%… 0%.]

[사용자가 사망하였습니다.]

[히든 피스! 잠들어 있던 피닉스의 심장이 깨어납니다.]

[피닉스의 가호가 발동합니다.]

피닉스?

뇌리를 스치는 것이 있다.

몇 년 전, 불사의 괴물이라 불리던 피닉스를 죽이고 먹은 피닉스의 심장.

아무런 능력도 없어 의아하던 물건이다.

그런데 히든 피스라니?

하지만 생각은 길게 이어지지 못했고, 나는 정신을 잃고 말았다.

제1장
모든 것을 기억한다

눈을 떴다.
뜨자마자 메시지창이 보인다.

[차원석의 수호자 피닉스의 힘이 소멸되었습니다.]

그래, 저 이름이었다.
죽여도 죽여도 다시 살아났던 차원석의 수호자 피닉스.
"히든 피스라……."
신혁돈은 몸을 일으키며 자신의 손을 바라보고 움직여 보왔다.

움직인다.

분명히 살아 있었다.

지옥이나 천국, 둘 다 아닌 현실에서 눈을 뜬 것이다.

주위를 살피자 익숙한 풍경이 눈에 들어왔다.

서울에 상경하자마자 얻은 원룸.

거의 5년 가까이 살며 힘든 기간을 보낸 곳이기에 잊으려야 잊을 수 없는 방이다.

"질 나쁜 장난인가……."

침착하게 상황을 파악하던 신혁돈은 거울에 비친 자신의 모습을 보고 눈을 크게 떴다.

"…흉터가 없다."

얼굴과 몸 전부 자신의 것이었으나 훈장처럼 여기던 모든 흉터가 사라져 있었다.

게다가 얼굴이 앳되다.

마치 20대 같은 얼굴.

"상태창!"

명령어에 시스템이 반응하지 않았다.

"스킬창! 메두사의 눈, 고르곤의 피부, 발로그의 힘!"

모든 명령어가 반응하지 않는다.

"설마……."

신혁돈의 시선이 컴퓨터로 향했다.

일단 확인부터.

컴퓨터가 부팅되자 인터넷을 켜서 '오늘의 날짜'를 검색해
보았다.

2020년 12월 31일.

신혁돈이 죽은 날은 2035년 12월 31일.

무려 15년의 세월을 되돌아온 것이다.

"과거로의 회귀라니……."

신혁돈은 키보드를 두들겼다.

질 나쁜 장난으로 인터넷까지 조작한 것이 아니라면 정말
스무 살로 돌아온 것이다.

마우스를 놓은 신혁돈은 관자놀이를 문질렀다.

15년의 시간을 되돌아왔다.

생각도 잠시.

"…기회다."

모든 것을 뒤집을 수 있는 천재일우의 기회가 찾아온 것이
다.

최태성.

"개새끼……."

생각하는 것만으로도 이가 갈리는 이름.

신혁돈은 차분히 생각에 잠겼다.

차원문이 열린 지 1년.

수없이 많은 각성자가 등장했을 것이다.

각성자들이 차원문 내에서 가져온 전리품들은 신소재니 새로운 에너지니 하며 엄청난 가격에 거래되고 있을 것.

개중에서 두각을 나타내는 이들은 벌써 3등급은 달성했을 테고, 이제 막 관련 법규가 생겨나고 우후죽순처럼 마켓과 길드가 생성될 시기였다.

최태성 또한 길드에 들어가 순조로운 출발을 하고 있을 것이고.

가장 먼저 해야 할 것.

"포식자가 된다."

신혁돈이 지구 최강의 사내가 될 수 있던 이유.

포식.

몬스터를 먹고 강해질 수 있는 스킬을 가진 유일한 사내였기 때문이다.

생각을 마친 신혁돈은 자신의 몸을 바라보았다.

아무것도 없다.

지금까지 가지고 있던 힘도, 권력도, 사람도, 무엇도.

마치 새하얀 도화지 같았다.

그렇기에 무엇이든 그릴 수 있었다. 이제 신혁돈의 손에 의해 미래가 그려질 차례였다.

과거와는 다르다.

가진 게 없어 잃을 것도 없던 스무 살.

괴물들에 의해 부모님까지 잃은 신혁돈은 맹목적으로 괴물을 사냥했고, 결국 공격대의 전멸로 인해 차원문 내에 홀로 남게 되었다.

그때 생존을 위해 괴물의 시체를 먹었고, 스킬 '포식'을 얻을 수 있었다.

되돌아보니 처절한 삶이었다.

부모님의 복수에 눈이 멀어 주변을 살피지 못했고, 그의 힘에 매료되어 다가온 이들이 질투와 시기에 빠져 적이 되는 것조차 깨닫지 못했다.

"이번에는 다를 것이다."

질투와 시기 따위로는 넘볼 수 없을 만큼 강력한 힘을 키울 것이다.

그 첫걸음은 스킬 '포식'을 얻는 것.

각오를 다진 신혁돈이 집을 나섰다.

*　　　*　　　*

어느 날.

지구 곳곳에 다른 차원으로 향하는 '차원의 균열'이 열렸다.

별천지, 지옥, 천국······.

부르는 말은 수없이 많았으나 종국에는 '차원문'으로 통일된 차원의 균열.

그 안에는 지구와 다른 생태계가 펼쳐져 있었고, 수없이 많은 종류의 괴물이 살고 있었다.

연구와 탐사 끝에 차원문 내에서는 전자 기기가 작동하지 않는다는 것과 그곳에 있는 괴물들에게 화기가 통하지 않는다는 것을 밝혀냈다.

차원문이 열리고 정확히 100일 뒤.

지구 곳곳의 차원문에서 괴물들이 튀어나오기 시작했다.

그와 동시에 지구에는 '각성자'라 불리는 이들이 나타났다.

지구의 신 가이아의 권능을 받은 이들.

그들은 인간의 한계를 뛰어넘은 육체를 가지고 '에르그'라는 힘을 사용했다.

차원문 내의 괴물에게 통하는 유일한 힘!

그들은 괴물의 침공을 막아내는 것에 멈추지 않고 차원문에 들어가 근간을 이루는 '차원석'을 파괴해 차원문을 부숴 버리며 인류의 희망이 되었다.

　차원문이 생긴 지 고작 1년.

　어떤 사람이 각성자가 될 재목이고, 어떤 이가 아닌지 판별하는 '에르그 판독기'가 발명되지 않은 상태.

　얼마 후 기득권을 갖는 길드가 생기고 정부 또한 그들을 밀어주기 시작하며 진입 장벽이 생기겠지만 지금으로선 신분증만 가지고 있다면 누구든 입장할 수 있었다.

　차원문들이 모여 있는 장소 '레드 홀'에 도착한 신혁돈은 입구에서 신분증을 보여준 뒤 내부로 들어갔다.

　"쓸 만한 무기들 팝니다! 보고 가세요!"

　"데린토 공방에서 나온 따끈따끈한 치료제 있어요!"

　"차원문에서 나온 물건 전부 매입합니다!"

　일명 '레드 홀'이라 불리는 최하급 차원문 진입로 근처에서 십 수 명의 장사치들이 장사를 하고 있었다.

　이것저것 눈으로 훑던 신혁돈은 무기 노점상 앞에 섰다.

　투척용 단검과 창, 담금질조차 제대로 되지 않은 조잡한 무기들이 놓여 있었다. 노점상의 주인이 신혁돈을 위아래로 훑어본 뒤 말했다.

　"자네 설마 차원문에 들어갈 생각인가?"

주인이 본 신혁돈의 외관을 한마디로 표현하자면 허여멀건 멀대였다.

"그런데요?"

신혁돈은 대충 대답하며 구석에 놓여 있는 워해머를 집어 들었다.

커다란 망치처럼 생겼으나 망치 머리 부분 반대편에 날카로운 송곳이 달린 중세의 무기로서 어쭙잖은 검이나 창보다 훨씬 파괴력이 높다.

"들 순 있겠어?"

주인이 미간을 찌푸렸다. 아무리 봐도 각성자나 헌터로는 보이지 않는 모양새였다. 신혁돈은 말 대신 워해머를 집어 들었다.

아직 각성하기 전이라 힘이 좀 부족하긴 하지만 전투에는 무리가 없을 정도. 오히려 워해머의 무게를 이용할 수 있어 좋다.

"얼마입니까?"

"10만 원이긴 한데… 어째 자살하려는 사람한테 기부 받는 느낌인데."

신혁돈이 헛웃음을 흘렸다.

그도 그럴 것이 신혁돈은 트레이닝복에 운동화를 신고 있었다.

"그럼 내기 하나 하시죠."

"무슨 내기?"

신혁돈은 지갑에 있는 돈 모두를 꺼냈다.

차원문에 들어가기 전 무기를 구입하기 위해 인출해 둔 100만 원.

"100만 원 내기요. 제가 차원문에서 돌아오면 100만 원을 주시는 겁니다. 못 돌아오면 그 돈은 가지시고."

"뭐?"

계속되는 반말에 신혁돈의 미간이 찌푸려졌다.

"싫으면 말고."

"허, 이 사람 보게? 그런데 자네가 차원문을 다녀왔다는 걸 어떻게 믿나?"

"믿을 수밖에 없는 증거를 가져다주지."

주인은 팔짱을 낀 채 고민에 빠졌다.

평소 같았으면 개소리 말라고 쫓아버렸을 것이다.

한데 눈빛이 심상치 않았다.

이곳은 레드 홀의 진입로.

이제 막 각성한 각성자, 혹은 각성하고 싶은 헌터들이 찾는 곳으로 그들의 대부분은 불안과 초조, 일확천금에 대한 기대로 흔들리는 눈을 하고 있게 마련이다.

그런데 이 사람은 다르다.

확신과 여유가 느껴지는 눈을 하고 있었다.

"안 해?"

어느새 신혁돈은 5만 원권 지폐 20장을 내밀고 있었다.

주인은 알 수 없는 흥분을 느꼈다. 마치 긁지 않은 복권이 눈앞에서 엉덩이를 살랑이고 있는 것과 같은 느낌.

"하지."

주인이 돈을 받는 순간 신혁돈은 미소를 지었다. 공돈 100만 원이 생기게 되었으니 기쁠 수밖에.

미소를 본 주인이 꺼림칙한 표정으로 물었다.

"자네, 이름이 뭔가?"

"신혁돈. 열흘 뒤에 오지."

말을 마친 신혁돈은 가판대에 놓인 단검 하나를 자연스럽게 허리춤에 꽂고서 레드 홀의 내부를 향해 걸어갔다.

신혁돈의 뒷모습을 바라보던 주인의 고개가 모로 꺾였다.

"열흘?"

*   *   *

레드 홀 내부는 커다란 나무와 같았다.

중앙을 가로지르는 기둥에는 큰길이 있고, 사방으로 뻗친 가지 끝에는 차원문이 있다.

가지로 들어가는 입구에는 옹기종기 모인 사람들이 공격대를 구하거나 정비를 하고 있었다.

신혁돈이 레드 홀을 가로질러 걸어가자 모든 이의 시선이 집중되었다.

"저거 뭐야?"

"미친 건가?"

가이아의 권능을 받은 '각성자'들, 그리고 그들을 보조하고 각성자가 되기 위해 괴물을 사냥하는 헌터들은 무기뿐만이 아닌 차원문 탐사를 위한 도구들을 챙기게 마련.

대부분의 사람들은 차원문 내에서 생존하기 위한 음식과 취침 도구 등을 담은 백팩을 지니고 있었다.

트레이닝복을 입고 어깨에 커다란 망치를 얹고 가는 신혁돈에게 시선이 집중되는 것은 당연했다.

레드 홀은 총 A부터 F까지 총 6개의 등급이 있었고, 깊이 들어갈수록 등급이 높아진다. 신혁돈은 당연하다는 듯 F구역을 지나 안으로 들어가고 있었다.

"고등급 각성자인가?"

누군가 한 말에 그제야 사람들이 고개를 끄덕였다.

높은 등급의 각성자라면 저런 차림으로 무기 하나만 딸랑거리고 들어가도 충분하다.

하나 그들의 기대와는 다르게 신혁돈은 대기가 없는 E등급 붉은 차원문 앞에 서서 칠판을 바라보았다.

차원문 입구에는 게시판이 있다.

클리어 여부, 혹은 차원문에 대한 정보를 기록해 두는 게시판인데 이것을 보드, 혹은 칠판이라 부른다.

칠판에는 아무것도 적혀 있지 않았다.

미개척 차원문이라는 뜻이고, 보통 미개척 차원문을 찾는 초보들은 드물다.

초보들은 안전한 것을 추구하기 때문이다.

누구의 방해도 받지 않고 홀로 사냥할 수 있다는 뜻.

"좋아."

보드에 '개척 중. 출입금지'라고 적은 신혁돈은 심호흡을 했다.

마음 같아서는 E등급이 아닌 A등급으로 들어가고 싶었다.

하지만 아직은 각성을 하기 전. 괜히 욕심을 부렸다가 골로 가는 수가 있었다.

일단 E등급에서 각성을 한 뒤 전투 감각을 되찾고 차근차근 올라가면 된다.

"개새끼들, 조금만 기다려라."

각성도 하지 않은 일반인의 몸이지만 걱정은 없었다.

지금까지 해온 수만 번의 전투가 몸에 배어 있으니까.

신혁돈은 차원문을 향해 거침없는 발걸음을 내디뎠다.

액체가 온몸을 감싸는 듯한 느낌이 든 후 새로운 세상이 신혁돈의 망막을 가득 채웠다.

차원문에 진입한 신혁돈은 무작정 움직이지 않고 먼저 주변을 살폈다.

푸른 초원이 지평선 끝까지 펼쳐져 있고, 하늘에는 거대한 태양이 떠 있다. 군데군데 언덕과 나무들이 보이고 그 사이로 희끗한 물체들이 보였다.

"혼 고트군."

외관은 염소와 비슷하다. 하지만 긴 외뿔과 입을 비집고 나온 어금니, 고양이를 연상하게 만드는 날쌘 몸놀림 덕에 E등급에 랭크된 괴물.

E등급 차원문에는 한 가지 괴물만이 등장한다. 즉 이곳은 혼 고트의 차원이라 봐도 무방하다는 소리다.

생각을 마친 신혁돈이 주변을 둘러보자 멀지 않은 곳에 혼 고트 한 마리가 보인다.

신혁돈은 지체할 것 없이 혼 고트를 향해 걸어갔다.

새로운 몸으로 겪는 첫 전투.

신혁돈은 워해머를 쥔 손을 빙글 돌렸다. 묵직한 무게감과 동시에 묘한 흥분이 심장에서부터 번져갔다.

신혁돈이 가까워지자 혼 고트가 입술을 푸들거렸다. 당장에라도 달려들 듯 몸을 낮추던 혼 고트는 신혁돈이 사정거리에 든 순간 화살처럼 쏘아 왔다.

에에에엑!

기성이 들린 순간 신혁돈은 딱 두 걸음을 걸어 혼 고트의 진로에서 벗어났다.

자신의 힘을 이기지 못한 혼 고트가 신혁돈을 스쳐 지나는 순간,

신혁돈의 위해머가 호선을 그렸다.

쾅!

꾸엑!

마치 혼 고트가 위해머를 향해 돌진한 것 같은 완벽한 타이밍.

꽹음과 함께 두개골이 깨진 혼 고트가 몇 바퀴를 구르며 땅에 처박혔다.

신혁돈의 입꼬리가 쓱 올라갔다.

"좋아."

생각보다 괜찮다. 힘과 속도가 모자랄 것 같아서 파괴력을 보완해 줄 무기를 선택한 것이 신의 한 수가 되었다.

몇 번의 경련 끝에 숨을 거둔 혼 고트의 몸에서 에르그 코어가 떠올랐다.

에르그 코어.

괴물의 체내에 있는 에르그 에너지의 집약체로 괴물의 사망과 동시에 몸 위로 떠오른다. 괴물의 등급에 따라 색이 달라지며 색이 진할수록 등급이 높다.

신체에 접촉하는 것으로 흡수할 수 있으며, 각성자의 등급 성장에 직접적으로 영향을 끼치는 것이 바로 이것이다.

신혁돈은 손을 뻗어 에르그 코어를 흡수했다.

에르그 코어가 닿은 부분에서 시작된 시원한 느낌은 심장을 거쳐 온몸으로 퍼져 나갔다.

흡수를 마친 신혁돈은 허리춤에 끼워두었던 단검을 꺼내며 과거를 떠올렸다.

저번 삶 각성 당시.

[스물두 마리의 괴물을 잡아먹었습니다.]

[히든 피스!]

[포식자로서의 기본을 달성하셨습니다.]

[스킬 '포식'을 얻습니다.]

자세히 기억나지는 않지만 이것과 비슷한 메시지가 떠올랐었다. 여기서 집중할 것은 스물두 마리와 '기본'.

만약 더 많은 괴물을 잡아먹는다면?

기본보다 더 높은 등급을 받고 '포식'보다 더욱 강한 스킬을 얻을 수 있지 않을까?

아니, 분명 그럴 것이다.

큰 업적을 이루었다면 그에 맞는 보상을 해주는 것이 가이아의 권능인 '시스템'의 방식이다. 스물두 마리 이상의 괴물을 먹는다면 더욱 큰 보상이 있을 것이 확실했다.

신혁돈은 혼 고트 뒷다리 부분의 살점을 잘라내 입안에 넣고 질경질경 씹었다.

"드럽게 맛없네."

그러면서도 고기가 연해질 때까지 꾸준히 씹었다.

꿀꺽.

역한 냄새와 함께 고기가 목구멍을 넘어갔다.

"이제 좀 실감이 나는구나."

살아남겠다는 목표 하나로 괴물을 씹어 먹으며 버티던 그때가 생각났다. 그때는 살기 위해 먹었지만 지금은 다르다.

신혁돈은 보일 듯 말 듯한 미소를 지으며 워해머를 집어 들었다.

"이제 시작이야."

*   *   *

차원문에 들어선 지 7일째.

자는 시간을 제외한 모든 시간을 사냥에 쏟은 신혁돈은 사람이 아닌 다른 무언가의 몰골을 하고 있었다.

입고 있던 트레이닝복은 원래의 색을 알아볼 수 없을 정도로 피에 찌들어 있고, 얼굴 또한 여기저기 묻은 피로 인해 흉신악살과 같았다.

게다가 괴물을 계속 먹은 탓인지 몸집이 2배 이상 불었다.

"좋아."

살이 찌고 있다는 것은 괴물의 고기 속 에르그 에너지가 신혁돈의 몸속에 제대로 축적되고 있다는 뜻과 같았다.

괴물을 죽인 뒤 나오는 에르그 코어는 괴물이 생전에 가지고 있던 에르그 에너지의 절반 정도만을 보유하고 있다.

나머지 에너지는 시체와 함께 사라지게 되는데 신혁돈은 괴물의 고기를 섭취함으로서 그 에너지까지 남김없이 흡수한 것이다.

쉽게 말하자면 같은 괴물을 사냥하고 에르그 코어만을 흡수하는 다른 각성자들에 비해 효율이 두 배가 된다는 뜻.

물론 모두 이 방법을 사용할 수 있는 것은 아니다.

저번 삶에서 신혁돈이 괴물을 먹는 것이 알려지게 되면서 각성자들 사이에서 괴물 고기를 먹는 것이 유행을 탄 적이 있다.

효과를 본 이는 전무(全無).

괴물 고기로 인해 축적된 에너지를 바로 사용할 수 없기 때문이다.

석유로 비교하자면 괴물 고기를 먹음으로써 신체에 쌓이는 에너지는 원유다.

자신의 힘으로 사용하기 위해서는 원유를 휘발유로 만들어야 하는데, 일반적인 방법으로는 정유가 불가능했다.

이때 필요한 것이 바로 '포식' 스킬이다.

전 세계에 포식 스킬을 가진 이는 신혁돈뿐이었기에 그 누구도 효과를 보지 못한 것이다.

"그래서 포식을 얻어야 하는 거지."

잠깐 앉아 휴식을 취한 신혁돈은 위해머를 지팡이 삼아 일어섰다. 다시 사냥을 시작할 시간이었다.

어느 순간부터 혼 고트들은 신혁돈을 보자마자 달려들지 않고 간을 보는 듯 주위를 맴돌곤 했다.

혼 고트들 또한 느끼고 있는 것이다.

포식자의 기운을.

신혁돈은 혼 고트들이 자신을 본능적으로 두려워하는 것을 깨달았다.

좋다.

두려움은 몸을 굳게 만들고 반응을 느리게 만든다. 사냥꾼의 입장에서는 더 좋을 수 없는 상황.

신혁돈은 습관적으로 워해머를 쥔 손목을 빙빙 돌리며 혼 고트에게로 달려들었다.

에엑!

에에엑!

혼 고트의 뿔이 신혁돈에게 닿기 직전 신혁돈은 몸을 빙글 돌리며 워해머를 내려찍었다.

일격.

뒤이어 몇 마리의 혼 고트가 달려들었지만 모두 워해머 한 방에 정리되었다.

"후……."

숨을 고른 신혁돈은 워해머를 내려놓고 단검을 꺼내 들었다.

사냥이 끝났으니 수확의 시간이었다.

[혼 고트들에게 공포의 대상이 되었습니다.]

[혼 고트가 대상과 마주치면 '공포' 상태에 걸리며 모든 능력 치가 30% 낮아집니다.]

일종의 히든 피스였다.

공포가 발동되자 혼 고트들은 더 이상 신혁돈에게 달려들 지 못했다. 다리를 후들거리며 가만히 있는 것들이 대부분이고, 조금이나마 용기 있는 것들이 달려들었지만 이미 상대가 되지 않는 상태.

탄력을 받은 신혁돈은 기세를 몰아 차원문 내의 모든 혼고트를 잡아먹었다.

정확히 311마리.

한 마리도 빼놓지 않고 고기를 섭취했기에 신혁돈의 몸은 거구라는 단어가 부족할 정도로 거대해져 있었다.

신혁돈은 자신의 몸을 내려다보았다.

툭 튀어나온 배와 가슴, 그리고 턱살 때문에 발끝이 보이지 않았다.

"마음에 들어."

진짜 지방이 아닌 괴물의 에르그 에너지로 만들어진 지방이기에 생각만큼 둔해지지도 않았다.

무엇보다 말라빠진 멀대같은 모습보다 지금처럼 인망(人望)이 넘치는 모습이 훨씬 보기 좋았다. 자신의 모습에 만족한 신혁돈은 워해머를 바르쥐고 걸음을 옮겼다.

이제 남은 것은 단 한 마리.

보스뿐이다.

초원의 한복판.

유독 긴 뿔을 하나도 아니고 두 개나 가지고 있는 녀석이 눈에 들어왔다.

더블 혼 고트.

혼 고트가 송아지보다 조금 더 크다면 더블 혼 고트는 어지간한 소만 한 덩치를 가지고 있었다.

하지만 그래봤자 혼 고트.

더블 혼 고트는 신혁돈과 마주한 순간 공포를 느꼈다.

그래도 보스라고 투레질 비슷한 것을 해댔지만 이미 기세 싸움에서 밀려 있었다.

"어이, 염소 새끼."

이에엑!

더블 혼 고트는 밀리지 않겠다는 듯 기성을 질러댔다. 신혁돈은 헛웃음을 흘리며 말했다.

"어쭈?"

이에에엑!

어느새 몸을 낮추고 뒷다리로 땅을 긁고 있다. 당장에라도 달려들 것 같은 모양새!

신혁돈은 더블 혼 고트와 눈을 맞춘 채 워해머의 손잡이를 바르쥐었다.

일반 혼 고트들과는 다르다.

속도는 비교할 것도 없고, 힘도 마찬가지. 게다가 기세 싸움을 할 정도의 머리가 있었다.

그러니 무작정 달려들다 워해머에 머리통이 부서지는 멍청한 짓을 하진 않을 것이다.

"그래봤자 염소 새끼지!"

더블 혼 고트가 달려들기 직전, 신혁돈이 반 박자 빠르게 땅을 박찼다.

타이밍을 놓친 더블 혼 고트의 호흡이 꼬인 순간 신혁돈이 단검을 던졌다.

순식간에 날아든 단검이 더블 혼 고트의 목을 노렸다. 더블 혼 고트는 훌쩍 뛰어 단검을 피했지만 신경이 단검에 팔린 사이 어느새 지척까지 달려온 신혁돈이 워해머를 휘둘렀다.

엄청난 거구에서 나온 것이라고는 생각지도 못한 속도!

뻑!

끼엑!

워해머의 뒤에 달린 송곳 부분이 더블 혼 고트의 다리 관절을 박살 냈다. 더블 혼 고트가 고통에 뒷걸음질을 치자 신혁돈은 따라붙으며 나머지 다리 관절을 마저 박살 냈다.

끼에에!

"사람 잡아먹는 괴물 새끼가 엄살은."

신혁돈은 시끄러운 울음소리에 미간을 찌푸리며 워해머를 높이 들었다 내려쳤다.

쾅! 쾅! 쾅!

"질기네, 새끼."

더블 혼 고트를 마무리 짓자 짙은 붉은색의 에르그 코어가 떠올랐다. 손을 뻗어 에르그 코어를 흡수하자 전보다 청아한 기운이 온몸을 휘돌았다.

더블 혼 고트의 고기까지 취한 신혁돈은 주위를 살펴보았다.

보스 몬스터는 괜히 보스 몬스터가 아니다.

차원석을 지키며 항상 주변에 머물기 때문에 차원석이 뿜는 에르그 에너지의 영향을 받아 강해진 것이 보스 몬스터이다.

즉 주변에 차원석이 있다는 뜻.

탐색을 시작한 지 얼마 지나지 않아 바닥에 박혀 있는 붉은 육각기둥이 눈에 들어왔다. 기둥은 마치 심장이 박동하듯 일정한 템포에 맞춰 붉은빛을 뿜어내고 있었다.

차원석.

차원을 닫는 유일한 도구로서 차원석을 부숴 차원을 닫는 것을 '봉인'이라고 말한다.

봉인된 차원문은 100일이 지나는 순간 점점 색이 옅어지며 종국에는 소멸된다. 봉인하지 못한 차원문은 생성된 지 100일 이 지나는 순간 안에 있던 괴물들이 밖으로 뛰쳐나오게 된다.

차원석을 발견한 신혁돈은 워해머를 높이 치켜들었다.

무기로 워해머를 고른 이유 중 하나에는 차원석을 부수기 쉽다는 것도 있었다.

쾅! 쾅! 쾅!

워해머를 몇 번 휘두르자 차원석에 금이 가더니 이내 깨졌다. 그리고 지금까지와는 차원이 다른 크기의 에르그 코어가 떠올랐다.

"이거지."

만족스러운 미소를 지은 신혁돈은 손을 내밀어 에르그 코어를 흡수했다.

그 순간 메시지창이 떠올랐다.

[312마리의 괴물을 잡아먹었습니다.]

[히든 피스!]

[포식자로서의 정점을 달성하셨습니다.]

[스킬 '포식'을 얻습니다.]

포식자로서의 정점!

신혁돈의 입꼬리가 스멀스멀 기어 올라갔다. 그런데 메시지창은 여기서 끝나지 않았다.

[전 세계 최초로 차원문 내의 모든 몬스터를 홀로 처치하셨습니다.]

[위대한 업적을 이루었습니다.]

[특혜가 주어집니다.]

[보상을 선택해 주십시오.]

"어?"

이건 또 뭐야?

[보상을 선택해 주십시오.]

1. 스킬.

2. 에르그 코어.

3. 아이템.

메시지를 본 신혁돈의 눈이 반짝였다.

처음 보는 히든 피스. 알려진 적 또한 없는 히든 피스였다.

그도 그럴 것이, 차원문 공략은 보통 공격대 단위로 이루어진다. 아무리 등급이 낮은 차원문이라 해도 최소한의 인원을 꾸리는 것이 정석.

홀로 차원문 내의 모든 몬스터를 처치하는 사람은 없다. 그러니 발견되지 않을 수밖에.

"자세히 알 방법은 없나?"

살펴봤지만 따로 사족이 붙어 있진 않았다.

히든 피스가 주는 보상은 모두 정상 범주를 넘어선 힘을 갖고 있다. 그 예로 피닉스의 심장은 죽은 신혁돈을 살려주는 것으로도 모자라 과거로 회귀까지 시켜주지 않았는가.

"다 끌리는데……."

일단 아이템은 그다지 끌리지 않았다. 붉은 차원문에서 나오는 아이템이라 해봤자 초보자용 아이템. 얼마 쓰지 못할 게 분명했다.

많은 양의 에르그 코어라 해봤자 붉은 차원문. 주는 양에는 한계가 있을 것이다.

"그렇다면 스킬이지."

신혁돈의 선택과 동시에 새로운 메시지창이 떠올랐다.

[사용자의 능력과 어울리는 스킬이 주어집니다.]
[스킬 '포식자의 눈' 스킬을 획득하였습니다.]
[두 가지 스킬을 획득하여 각성자의 요건을 충족하셨습니다.]
[각성자가 되신 것을 축하드립니다.]

각성!

겉으로 보기에 달라진 것은 없었다. 하지만 몸속을 뛰노는 에르그의 기운이 전보다 진하게 느껴졌다.

각성과 동시에 여섯 번째 감각이 개방된 것이다.

이것이 각성자와 비각성자의 가장 큰 차이였다.

각성을 마친 신혁돈은 스킬창을 확인했다.

포식 [Rank F, Unique, Active]
―괴물을 섭취해 체내에 쌓인 지방을 태워 에르그 에너지로
만든다.
―괴물을 섭취함으로써 괴물이 가진 능력을 흡수할 수 있다.
―괴물의 숨겨진 능력과 본능을 흡수할 수 있다.

신혁돈이 생각한 것이 적중했다.
저번 삶에서는 단순히 살아남기 위해 22마리를 먹은 것만
으로 포식 스킬을 얻었다.
하나 이번엔 차원문을 홀로 클리어하고 혼 고트의 공포의
대상까지 달성했으니 무언가 더 있을 것이라 생각했다.
그런데 유니크 등급이라니!
저번 삶에서 포식의 등급은 레어.
그럼에도 신혁돈에게 대항할 수 있는 존재가 없었다. 한데
이번에는 유니크 등급 스킬을 얻은 것이다
신혁돈의 입꼬리가 주체할 수 없을 정도로 말려 올라갔다.
설명의 두 번째 줄까지는 같았으나 세 번째 줄에 없던 것이
추가되었다.
숨겨진 능력과 본능.

신혁돈의 고개가 모로 꺾였다.

문장만 봐서는 피부로 다가오지 않는 능력이다.

하지만 유니크 등급이 되며 생긴 능력. 좋으면 좋았지 나쁠 리가 없었다.

"다음은……."

포식자의 눈 [Rank F, Rare, Passive]

―대상과 눈을 마주친 상대는 5% 확률로 상태 이상 '포식자의 눈'에 걸립니다.

―'포식자의 눈'은 대상의 능력치를 2% 낮춥니다.

―대상과 상대의 능력치 차이에 따라 상태 이상이 걸릴 확률과 능력치의 하향 폭이 조절됩니다.

보자마자 메두사의 눈이 떠올랐다.

신혁돈과 눈을 마주친 이들을 일정 확률로 '석화' 상태로 만드는 엄청난 사기 스킬.

포식자의 눈은 석화 대신 공포긴 했지만 이것 또한 마음에 들었다.

특히 자신의 능력치가 높을수록 상태 이상에 걸릴 확률과 능력치의 하향 폭이 높아진다는 점이 굉장히 마음에 들었다.

아직 F랭크인 것을 감안할 때 메두사의 눈보다 성장 기대치가 높다.

얻은 스킬에 만족한 신혁돈은 눈을 감으며 '포식'을 발동시켰다.

그 순간 미쉐린 타이어의 마스코트 같던 몸이 역변하기 시작했다. 거대한 살덩이 같던 몸이 순식간에 줄어들며 근육이 되고, 에르그 에너지의 통로를 확장시켰다.

몸에 쌓인 노폐물이 빠져나가고 전투에 적합한 몸으로 변하는 과정. 신혁돈은 만족스러운 미소를 지으며 눈을 떴다.

모든 과정이 끝났을 때, 방금 있던 미쉐린 마스코트는 사라지고 기골이 장대한 사내가 서 있다.

"쯧."

신혁돈은 아쉬운 듯 혀를 차며 자신의 몸을 살폈다. 포식의 효과로 몸이 변하며 빨래판 같은 복근이 생겨 있었지만 마음에 들지 않았다.

"이거 무슨 장작개비도 아니고."

남자란 자고로 어지간한 여자 허벅지만 한 팔뚝은 가지고 있어야 남자 아니겠는가.

이래서 어디 힘이나 쓸까.

"에이."

한참 동안 자신의 몸을 살피던 신혁돈은 한 번 더 혀를 찼다.

괜찮다.

어차피 괴물을 먹다 보면 다시 찔 테니까.

아쉬운 대로 배를 두들긴 신혁돈은 더블 혼 고트의 시체로 향했다.

"자, 돈 받으러 가볼까."

신혁돈은 내기의 증거로 더블 혼 고트의 머리를 잘라내 한 손에 들고 차원문을 벗어났다.

*   *   *

신혁돈과 내기를 한 무기 가판대의 주인 성상우는 갑자기 느껴지는 한기에 뒷목을 쓸었다.

"…뭐지?"

한기와 동시에 한 사람의 눈빛이 떠올랐다.

자신을 신혁돈이라 소개한 사내.

그때, 무기 가판대의 주인 성상우는 눈을 의심했다.

"맙소사……."

한 손에는 더블 혼 고트의 머리를, 다른 한 손에는 피 칠갑을 한 워해머를 든 신혁돈이 자신을 향해 걸어오고 있었다.

쿵!

터벅터벅 걸어온 신혁돈은 더블 혼 고트의 머리를 가판대에 올리며 말했다.

"내기, 기억하지?"

잘린 게 아니라 뜯긴 것 같은 더블 혼 고트의 머리에서는 아직까지도 피가 질질 흐르고 있었다.

"어, 어떻게?"

애초에 말한 열흘도 아닌 여드레가 지났을 뿐인데, 도대체 무슨 일이 있었던 것인지 상상조차 되질 않았다.

멀대 같던 몸은 트레이닝복을 뚫고 나올 듯한 근육질로 변해 있고, 약간 순해 보이던 인상 또한 선이 굵은 사내로 변했다.

목소리와 자신이 판 워해머가 아니었다면 알아보지 못할 정도로 변해 있었다.

"돈."

"자네… 신혁돈 맞나?"

"보면 모르나?"

보고도 모르겠으니 묻지.

말을 삼킨 성상우가 답했다.

"…너무 많이 달라졌는데."

"각성을 해서 그렇다."

각성.

그 두 글자에 성상우의 눈이 화등잔만 하게 커졌다.

"자네, 정말 차원문을 클리어하고 나온 것인가?"

"보면 몰라?"

신혁돈이 위해머로 더블 혼 고트의 머리를 툭툭 치며 말했다. 반박할 수 없는 증거.

"어떻게? 어느 공격대가 자네를 끼워줬나? 아니면 아는 사람이 있었나?"

"혼자 클리어했는데?"

귀찮은 듯 말하는 신혁돈의 대답에 성상우는 입을 떡 벌렸다.

다른 이가 말했다면 거짓말하지 말라며 가운뎃손가락을 들어주었을 것이다.

한데 신혁돈은 말을 하는 내내 눈빛의 변화가 없었다.

타고난 사기꾼이거나 진짜배기란 소리.

성상우의 눈이 빛을 발했다.

'이건 붙잡아야 한다!'

빠르게 표정을 바꾼 성상우가 입을 열었다.

"돈보다 귀중한 것은 어떤가?"

"뭔데?"

"정보."

신혁돈은 무슨 정보인지 듣지도 않고 고개를 저었다.

"필요 없어."

이어 설명할 준비를 하던 성상우는 당황하며 말을 이었다.

"그러지 말고 한번 들어보게나. 자네 혹시 길드에 대해서 알고 있나?"

"돈이나 달라니까!"

"알겠네. 돈은 주겠네. 그러니 한번 들어주기만이라도 하지 않겠나?"

신혁돈의 눈이 성상우를 훑었다.

길드에 대한 이야기, 정보, 그리고 돈을 줄 테니 이야기를 들어달라…….

정보를 종합한 신혁돈이 말했다.

"스카우터냐?"

각성자의 수는 길드의 힘과 직결되기 때문에 길드에서는 최대한 많이, 그리고 강한 각성자를 확보하길 원한다.

그렇기에 어느 정도 규모가 있는 길드들이 될성부른 떡잎들을 회유해서 길드에 가입시키기 위해 레드 홀로 사람을 보내는데 이들을 스카우터라 한다.

"…어떻게 알았나? 길드에 가입해 있나?"

"아니, 그냥 그럴 것 같았어."

차원문이 생긴 지 1년.

이제 막 길드가 생기기 시작한 시점에 벌써 스카우터를 파견해 원석을 고르고 있는 길드가 있다니.

어느 길드인지 궁금해졌다.

"어느 길드지?"

"더 가드네."

더 가드라면 차원문이 생긴 초창기부터 신혁돈이 죽기 전까지도 위세를 떨치던 길드.

그들이라면 충분히 그럴 수도 있다는 생각이 들었다.

고개를 끄덕인 신혁돈은 손을 내밀며 말했다.

"길드 가입할 생각 없으니 돈이나 줘."

성상우의 눈이 깊게 가라앉았다.

스카우터의 존재를 알고 있는 사람인데 길드에 가입해 있지 않다. 게다가 8일 전까지만 해도 초보 티가 나던 이가 어엿한 각성자가 되어서 튀어나왔다.

뭐 이런 놈이 다 있지?

"아니, 좀 더 들어보게나. 자네가 어떤 힘을 가졌든 우리는 더 강한 힘을 얻게 해줄 수 있다네."

"싫다니까?"

신혁돈이 성상우의 눈을 바라보았다.

그 순간 성상우는 괴수의 아가리가 자신을 집어삼키는 듯한 공포를 느꼈다.

포식자의 눈이 발동된 것이다.

성상우가 황급히 눈을 피해 고개를 숙였다.

"돈 안 줘?"

"아, 알겠네. 지금 주지."

성상우가 품에서 돈을 꺼내 신혁돈에게 건넸다. 5만 원 권 40장을 건네받은 신혁돈은 만족스러운 미소를 짓고 레드 홀을 빠져나갔다.

그제야 공포에서 벗어난 성상우는 다급히 핸드폰을 꺼내 어디론가 전화를 걸었다. 잠시의 연결음 뒤 상대가 전화를 받자 성상우가 말했다.

"제대로 된 놈이 나타난 것 같습니다."

＊　　　　＊　　　　＊

레드 홀의 입구에는 사냥을 마치고 나온 각성자들을 위한 부대시설이 존재한다. 그곳에서 몸을 씻고 새로운 옷을 산 신혁돈은 밖으로 나와 택시를 잡았다.

"어디로 갈까요?"

"인천으로 가주십쇼."

"예."

서생 윤태수.

자칭 서생, 타칭 서생원.

현재 신혁돈이 가진 것은 2등급 정도의 힘뿐이다.

앞으로 더욱 빠르게 성장하기 위해서는 돈과 정보가 필요했다.

두 가지를 모두 가진 사람이 바로 윤태수.

15년 후 대한민국 최고의 정보상이 되어 있을 사내를 만나러 신혁돈이 인천으로 향했다.

인천에 도착한 신혁돈은 기억을 더듬으며 건물을 둘러보았다.

"이 근천데……."

얼마 지나지 않아 찾고 있던 건물이 눈에 들어왔다.

미래흥신소 2F.

상호를 확인한 신혁돈은 박차듯 문을 열고 들어갔다.

쾅!

열 평 남짓한 사무실에 앳된 얼굴의 윤태수가 있다.

"태수야!"

"…뭐야?"

사무실에 있던 모든 이의 시선이 윤태수의 얼굴로 향했다.

"형님 손님인가 본데요."

"나?"

"반갑다!"

윤태수가 자리에서 일어난 순간 신혁돈은 잇몸이 보일 정도로 환한 웃음을 지으며 윤태수를 끌어안았다.

"뭐야, 이 새끼야!"

당황한 윤태수는 신혁돈에게서 벗어나기 위해 발버둥을 쳤으나 힘이 어찌나 센지 꿈쩍도 하지 않았다.

갑자기 나타난 신혁돈의 기행에 당황하던 사람들이 달려들었다.

"이 새끼, 떼어내!"

하지만 신혁돈은 윤태수를 끌어안은 채 꿈쩍도 하지 않았다.

일반인이 각성자의 힘을 이길 수 있을 리가 만무하다.

사람들이 용을 쓰든 말든 신혁돈은 윤태수를 다시 만났다는 사실에 감격하고 있을 뿐이었다.

제2장
다시 만난 의형제

한바탕의 소란 끝에 신혁돈이 소파에 앉았다.

태연한 신혁돈에 비해 네 명의 사내는 얼굴이 붉어진 채 씩씩거리고 있었다. 몇 번의 심호흡으로 간신히 안정을 찾은 윤태수가 물었다.

"당신, 누구요?"

"니네 형."

"이 미친놈이!"

윤태수가 테이블에 놓여 있는 유리 재떨이를 쥐었다. 당장에라도 후려칠 것 같은 흉흉한 기세.

그럼에도 신혁돈은 윤태수를 다시 만났다는 기쁨에 실실 웃고 있었다.

태연한 모습에 방금 자신을 붙잡고 있던 괴력이 생각난 윤태수는 이를 악물고 재떨이를 내려놓았다.

"장난이고, 손님이다."

"후, 그래, 손님. 무슨 일로 오셨습니까?"

"흥신소에 무슨 일로 왔겠어? 의뢰할 게 있으니까 왔지."

"거, 듣자 듣자 하니까, 왜 자꾸 반말이오?"

"꼬우면 너도 하든가."

윤태수는 끓어오르는 화를 참으며 앞머리를 쓸어 올렸다.

"그래, 그러지. 손님이라……. 뭘 의뢰하러 왔는데?"

"붉은 차원문의 위치."

윤태수의 미간이 찌푸려졌다.

당장 밖에 나가서 지나가는 택시를 붙잡고 붉은 차원문으로 가주세요 하면 10분 안에 찾을 수 있는 게 붉은 차원문이다.

'쫓아낼까?'

힘으로 안 된다면 경찰을 부르면 된다. 아무리 힘이 좋다 해도 설마 경찰을 두들겨 패진 않겠지.

결심한 윤태수가 핸드폰으로 손을 뻗는 순간 신혁돈이 말을 이었다.

"패턴 몬스터가 나오는 붉은 차원문."

패턴 몬스터.

게임으로 치자면 네임드 몬스터라 볼 수 있다.

다른 점이라면 몬스터의 신체에 일정한 문양이 나타나고, 문양에 따라 다른 능력이 부여된다는 점.

일반 몬스터보다 훨씬 강력하고 지능까지 있는데다 고유의 능력까지 있어 상대하기 여간 까다롭지 않은 몬스터.

그럼에도 각성자들은 패턴 몬스터가 나타나면 목숨을 걸고 달려든다.

일반 던전에서는 보스 몬스터도 잘 주지 않는 아이템을 패턴 몬스터들은 높은 확률로 드롭하기 때문이다.

일반 무구가 아닌 차원의 마력이 담긴 물건으로 특별한 능력을 발휘하는 물건은 아무리 낮은 등급의 아이템이라 해도 수천만 원을 호가한다.

비싼 것은 수백억을 주고도 구하지 못하는 게 바로 마력이 담긴 무구.

신혁돈이 노리는 것은 마력이 담긴 무구 그 이상의 것이었다.

패턴 몬스터 그 자체.

괴물을 먹음으로써 성장하는 신혁돈에게 강력한 몬스터는 강력한 힘 그 자체이다. 일반적인 몬스터를 먹어 그들의 능력열 개를 얻으니 패턴 몬스터의 능력 하나를 얻는 것이 이득.

아이템도 얻고 능력도 얻고자 하는 것이 신혁돈의 계획이었다.

"뭐?"

신혁돈의 말이 끝나는 순간 윤태수의 동공이 확장되었다. 반응을 확인한 신혁돈은 한층 더 여유로운 목소리로 말을 이었다.

"지금 열심히 팔아재끼고 있잖아."

"번지수를 잘못 찾은 것 같은데. 우린 차원문 쪽하고 연관 없어."

"내가 알기론 연관 많은데? 직접 찾아서 판매할 정도로."

"글쎄, 번지수를 잘못 찾았다니까. 일 없으니 나가."

신혁돈은 나가기는커녕 소파에 몸을 묻었다. 태연자약한 모습에 윤태수는 입안이 바짝바짝 마르는 것을 느꼈다.

'저 새끼가 어떻게 알았지?'

하루에도 수백 명이 차원문을 통해 각성자가 되고 있다. 그들은 차원문에서 나오는 물건들로 엄청난 돈을 긁어모으고 있었다.

윤태수는 본능적으로 돈 냄새를 맡고 원래 있던 조직에서 나와 흥신소를 차렸다.

차원문을 관리하는 단체는 허술하기 그지없고, 모두가 차원문에서 나오는 부산물에만 관심을 가질 때 윤태수는 누구보다 빠르게 차원문에 관한 모든 정보를 취합하고 정리하기 시작했다.

그러다 일반 차원문이 아닌 패턴 몬스터가 등장하는 차원문을 발견하게 되었고, 그것을 연구한 결과 패턴 차원문이 생성되는 조건까지 알아낸 것이다.

문제는 힘.

전면에 나서서 거래를 주도할 힘이 없었다. 일반인 네 명으로는 한 명의 각성자도 상대할 수 없기에 윤태수는 아예 음지로 숨었다.

철저히 신분을 숨기며 거래의 물꼬를 텄고, 드디어 고객을 확보하기 시작한 시점.

'도대체 어디서 정보가 샌 거야?'

윤태수와 거래하는 거대 길드들도 윤태수의 정체는 모른다.

"여긴 손님이 왔는데 마실 거 하나 안 주나?"

윤태수가 고민하는 사이 신혁돈과 노란 머리 사내의 눈이 마주쳤다.

그 순간 발동된 포식자의 눈.

겁에 질린 노란머리가 신혁돈의 눈을 피해 자리에서 일어서서 커피를 타기 시작했다.

"야, 앉아."

윤태수의 말에 조용히 커피를 타던 노란머리가 다시 자리에 앉았다.

"야박하네. 그건 그렇고, 의뢰 안 받을 생각이야?"

"일없다고."

"그래, 그렇다 치지. 그런데 말이야, 네가 패턴 차원문을 팔고 다닌다는 게 여기저기 알려지면 어떻게 될까? 예를 들자면 정부라거나 혹은 거대 길드들이 알게 된다면?"

지금 윤태수가 패턴 차원문을 독점할 수 있는 이유는 먼저 움직였기 때문이다.

윤태수가 패턴 차원문을 팔기 시작했다는 것이 거대 길드 내에 퍼지기 시작하면 냄새를 맡은 거대 길드원들이 움직이는 것은 당연한 일.

그 안에 최대한 벌어놔야 격차를 벌릴 수 있었다.

그런데 격차를 벌리기도 전에 뒷덜미를 잡히고 만다면?

그대로 끝이다.

윤태수가 대답하지 못하는 사이 신혁돈이 말을 이었다.

"힘이 없어서 서럽지 않나?"

지난 삶.

윤태수가 술만 마시면 하는 이야기가 있다.

패턴 차원문을 최초로 발견한 것이 자신이라고, 독점한 것을 지킬 힘만 있었더라도 지금과는 달랐을 것이라고.

사람이라면 누구나 가지고 있는 과거에 대한 한탄이었지만 윤태수는 힘이 없어 빼앗겼다는 것에 큰 분노를 가지고 있었다.

　차후 신혁돈과 함께하며 그때 받은 설움을 모두 털어버리긴 했지만 그 당시 힘들던 기억까지 사라진 것은 아니었다.

　그에 대해 모든 것을 아는 신혁돈은 말 몇 마디로 윤태수의 가슴을 후벼 팠다.

　"윤태수, 네가 선발주자인 건 맞아. 그런데 뭐가 더 있지? 돈? 힘? 빽? 셋 다 없지. 대한민국 사회에서 돈, 힘, 빽, 모두 없는 새끼가 설치다간 어떻게 되는지 알고 있을 텐데."

　알고 있다.

　앞선 지식을 가지고 있다 한들 지킬 힘이 없다면 모든 것을 빼앗기고 말 것이다.

　그래서 어떻게든 격차를 벌리려는 것이었고.

　"떵떵거리고 살고 싶지 않나?"

　가만히 듣고 있던 윤태수의 눈에 의문이 떠올랐다.

　이자는 누구지?

　도대체 어떻게 모든 것을 알고 있는 거지?

　"어차피 너도 알고 있잖아? 이대론 죽도 밥도 되지 않는다는 걸. 차원문 팔아서 한탕 하고 말 거야?"

　아니다.

윤태수는 자신도 모르게 고개를 가로저었다.

윤태수의 꿈은 더욱 높은 곳에 있었다.

"딱 두 달. 나한테 모든 것을 투자해라. 그 뒤로는 누구 앞에서도 고개 숙이는 일 없게 해주마."

미친놈인가?

신혁돈이 일반인 사이에서는 무적의 힘을 가졌다 해도 각성자들 사이에서는 아니다. 무슨 힘을 가진 줄도 모르는 상태에서 투자를 하라니.

그런데도 묘한 기대감이 들었다.

하지만 기대감 하나만으로 모든 것을 걸 순 없는 노릇.

"뭘 믿고 당신에게 투자하지? 당신이 나에 대해 잘 알고 상황 또한 정확히 보고 있다는 사실은 알겠어. 하지만 그것만으로 나를 설득할 수 있다 생각하는 건가?"

"너를 각성시켜 주지. 세트로 저 떨거지 셋도."

떨거지들은 서로를 바라보았다. 떨거지라 불린 분노보다 각성이라는 단어가 불러일으킨 반향이 심장을 격동시켰다.

윤태수 또한 마찬가지.

어디서 나오는지 모를 자신감 넘치는 신혁돈의 모습에 마음이 흔들리고 있었다.

"거래를 하자. 윤태수, 너는 나에게 패턴 차원문의 위치를 알려줘. 그럼 내가 너희를 데리고 들어가 각성시켜 주지. 차원문에서 나오는 부산물은 오 대 오로 나눈다."

일생일대의 기회가 될지, 모든 것을 내버리는 자충수가 될지 판단이 서질 않았다. 윤태수는 몇 번의 심호흡 끝에 대답했다.

"육 대 사."

대답을 예상했다는 듯 신혁돈이 말했다.

"콜."

신혁돈의 대답에 윤태수가 머리를 감싸 쥐었다.

이것이 맞는 길인가?

잘한 선택인가?

계속해서 고민하는 사이, 어느새 일어선 신혁돈이 그의 어깨를 두들겼다.

"나만 믿어라."

윤태수가 고개를 들어 신혁돈의 눈을 보았다. 그는 만족스러운 미소를 짓고 있었다. 미래에 대한 걱정은 전혀 없다는 듯.

"하나만 묻자."

"그래."

"나에 대해 어떻게 그렇게 잘 알지?"

"말했잖아. 네 형이라고. 그럼 내일 다시 오마."

말을 마친 신혁돈이 사무실을 나서자 병풍처럼 서 있던 세 사내가 윤태수의 주변에 앉았다. 그리고 노란머리가 말을 꺼냈다.

"오늘 처음 만난 놈을 믿어도 되겠습니까?"

"그 자식이 한 말 중에 틀린 거 있냐?"

노란머리가 머뭇거리자 윤태수가 말을 이었다.

"우리가 선점하고 있다 해봤자 우리한테는 이 상황을 유지할 힘이 없어. 지금이야 독점하고 있으니 어찌어찌 거래가 된다 하지만 다른 길드들이 방법을 찾는 건 시간문제다. 따라잡히지 않으려면 그전에 더 치고 나가야 하고, 그러려면 힘이 필요하지. 그 힘은 각성자가 되는 거고."

삼인방이 고개를 끄덕였다.

다른 말은 제하더라도 각성자로 만들어준다는 말은 확실히 구미가 당겼다.

"밑져야 본전이야. 어차피 지금 아니면 승부수를 던질 새도 없다."

마음을 굳힌 윤태수가 고개를 주억거렸다.

"만약 다른 길드에서 우릴 치려고 보낸 놈이면 어떡합니까? 차원문 내에서 쓱싹하면 아무도 모르지 않습니까?"

"그럴 거면 그냥 쳤겠지 뭐 하러 귀찮게 판을 벌여?"

"그건 그러네요."

생각이 정리된 윤태수는 그제야 신혁돈이 나선 문을 바라보며 말했다.

"그것보다 궁금한 건 뭐 하는 놈인데 나에 대해 속속들이 알고 있느냐는 거지."

윤태수의 혼잣말에 노란머리가 대답했다.

"혹시 어릴 때 잃어버린 형 없습니까?"

"닥쳐! 저거 뭐 하는 새끼인지나 알아봐."

"넵."

*   *   *

윤태수를 만남으로서 네 가지가 해결되었다.

자신을 강하게 만들어줄 아이템과 스킬, 앞으로의 활동에 필요한 자금과 자신 대신 앞에 나서서 모든 것을 조율할 두뇌인 윤태수까지.

그것 외에도 마음에 드는 것이 있었다.

앞으로 윤태수와의 술자리에서 들어야 할 레퍼토리가 하나 사라졌다는 것.

"새끼, 평생 감사해라."

미래흥신소를 나선 신혁돈은 근처의 사우나를 찾았다. 내일부터는 또다시 차원문에 들어가야 할 테니 오늘은 피로를 풀어둬야 했다.

온탕에 들어가 눈을 감은 신혁돈은 지난 삶 최후에 함께한

세 사람을 떠올렸다.

윤태수, 김민희, 백종화.

김민희는 아직 능력도 개화하지 못하고 있을 테고, 백종화
는 자기가 메이지 계열에 소질이 있는지도 모르고 칼을 들고
설치고 있을 것이다.

"조금만 기다려라. 꽃가마 끌고 데리러 갈 테니."

*   *   *

다음 날.

신혁돈은 미래흥신소를 다시 찾았다. 이른 시간에 왔음에
도 윤태수를 비롯한 네 명의 사내는 준비를 마치고 기다리고
있었다.

흥신소에 들어서자마자 신혁돈은 웃음을 흘렸다.

"뭐냐, 그건?"

무장이 좀 많이 과했다.

네 명 모두 괴물의 가죽으로 만든 갑옷을 온몸에 두르고
있고 허리와 어깨, 등에는 단검과 손도끼, 장검과 배틀액스까
지 차고 있었다.

"뭐가?"

신혁돈은 대답하지 않았다. 대신 윤태수의 허리에 끼워져

있는 손바닥 크기의 단검을 하나 뽑아 들었다.

그리곤 두 걸음 물러서서 손을 까딱였다.

"뭐?"

신혁돈의 갑작스러운 행동에 당황한 윤태수가 눈을 껌뻑였다.

각성을 하기 위해서는 차원문에 들어가야 한다.

처음 들어가는 차원문이니 나름의 생각으로 준비한 것이겠지만 모두 쓸모없는 짓이다.

어차피 사냥은 신혁돈이 할 것이고, 이들에게 필요한 것은 극한의 상황에 다다랐을 때 몸을 지켜줄 무기 하나면 충분했다.

그리고 그 무기는 가장 익숙한 무기여야 한다.

신혁돈이 단검을 뽑아 든 이유는 바로 윤태수와 세 떨거지들에게 익숙한 무기를 찾기 위해서였다.

"덤벼봐."

네 명의 미간이 찌푸려졌다. 가장 앞에 서 있는 윤태수가 머뭇거리자 신혁돈이 단검을 휘둘렀다.

후웅!

단검이 윤태수의 코를 종이 한 장 차이로 스쳐 지나갔다.

"꿀꺽."

그 순간 네 사내가 모두 단검을 뽑아 들었다.

조직 생활을 하며 가장 익숙하게 쓴 것이 일명 사시미라 불리는 회칼. 본능적으로 식칼과 비슷한 단검을 뽑은 것이다.

"이 새끼가!"

그와 동시에 신혁돈이 바람과 같이 움직였다.

챙! 챙! 챙! 챙!

신혁돈이 움직임을 멈췄을 때 네 사람의 손에 들려 있던 단검이 바닥을 나뒹굴고 있었다.

손에 남은 얼얼한 감각이 없었더라면 단검을 놓친 줄도 몰랐을 것이다. 네 사람이 벙쪄 있는 사이 신혁돈이 들고 있는 단검의 날을 보며 말했다.

"꽤 비싼 거네. 단검만 들고 나머진 다 두고 와라."

무기의 종류와 질은 중요하지 않았다.

가장 중요한 것은 무기에 대한 익숙함.

차원문 내에서는 어떤 변수가 있을지 모른다. 그 와중에 익숙하지도 않은 무기를 들고 있다면 반응은커녕 손을 휘두르기도 전에 비명횡사하기 십상이다.

무엇보다 각성도 하지 않은 상태에서 무기를 들었다는 자신감 하나만으로 괴물에게 덤볐다간 시체도 남기지 못하고 죽는다.

"뭐해? 무기 안 풀어?"

세 떨거지의 시선이 윤태수에게 향했다. 윤태수는 자신의 손과 바닥에 떨어진 단검을 번갈아 보다 말했다.

"…단검만 가져간다."

네 명이 장비를 푸는 사이 신혁돈은 나머지 짐을 살폈다. 건조 식량과 캠핑 도구 등 차원문에 갈 때 들고 가야 할 기초적인 물건들은 거의 담겨 있었다.

이 정도면 합격점보다 조금 모자란 수준.

하지만 알려줄 생각은 없었다.

모자란 것은 몸으로 배우는 것이 가장 빠르기 때문이다.

"그럼 출발하지."

건물 밖으로 나가자 떨거지들이 검은색 승합차에 짐을 실었다. 팔짱을 낀 채 구경하던 윤태수가 신혁돈을 보고 물었다.

"너는 짐 없어?"

"너 말고 형."

윤태수는 하, 하고 한숨 섞인 헛웃음을 흘렸다.

"말 같지 않은 소리 하지 말고."

"이거면 돼."

신혁돈은 단검 한 자루와 워해머를 톡톡 두들기며 말했다.

"그러시든가."

말을 마친 윤태수는 승합차에 몸을 실었다.

차원문 내에서 나는 것들은 어지간하면 독을 품고 있다. 괴물은 물론이거니와 나무나 풀까지. 물론 식용으로 쓸 수 있는 것들도 있긴 하지만 극소수다.

그렇기에 차원문에 들어갈 때 음식을 챙겨야 하는 것은 당연하다.

하지만 신혁돈은 두 자루의 무기를 제외하고는 아무것도 들고 있지 않았다. 윤태수가 신혁돈을 위아래로 훑으며 물었다.

"거, 음식 없이 괜찮겠어?"

딱 봐도 음식 없이는 하루도 버티지 못할 것 같은 체구의 신혁돈이 목을 벅벅 긁으며 대답했다.

"그럼."

"나중에 다른 말 하지 마라. 우리 것밖에 안 챙겼으니까."

"걱정도 팔자네. 나중에 나한테 밥 달라고 징징거릴 때마다 백만 원이다."

"허, 그러시든가."

윤태수가 적반하장에 어이없어하는 사이 짐을 다 실은 차가 출발했다.

* * *

차는 꽤 오랜 시간을 달려 깊은 산속으로 들어갔다. 외진 곳에서 차를 세우고 다섯 남자가 산을 오르기 시작했다.

윤태수를 따라 산을 오르자 사람의 손을 탄 흔적이 보이는 동굴이 나타났다. 그리고 동굴에서 흘러나오는 미약한 에르그 기운이 느껴졌다.

"저기군."

동굴 안으로 들어가자 붉은색이라기보다 검은색에 가까울 정도로 진한 색의 차원문이 아가리를 벌리고 있었다.

먼저 걷던 윤태수는 차원문 앞에서 걸음을 멈추었다. 문서와 그림으로만 접하던 괴물을 직접 눈으로 마주친다 생각하니 묘한 긴장감과 걱정이 들었다.

그때 신혁돈이 윤태수의 어깨를 툭 쳤다.

"거기서 밤새울래?"

그리곤 차원문으로 들어가 버렸다.

방금까지 하던 걱정과 긴장감은 오간데 없이 사라지고 짜증이 팍 솟구쳤다.

"니들은 뭐 해? 빨랑 안 들어가?"

애먼 짜증을 뒤집어쓴 세 떨거지는 허겁지겁 차원문으로 들어갔다. 홀로 남은 윤태수 또한 심호흡을 한 번 한 뒤 차원문으로 뛰어들었다.

액체를 통과하는 느낌과 함께 차원문을 지나자 다른 세상이 펼쳐졌다.

하늘 높은 줄 모르고 솟아 있는 거목들과 발목까지 오는 썩은 나뭇잎, 그리고 숲을 가득 채우고 있는 습기가 신혁돈을 반겼다.

습관적으로 크게 숨을 들이쉰 신혁돈의 미간이 찌푸려졌다.

나뭇잎이 썩는 냄새와는 다른 냄새.

마치 고기가 썩는 냄새와 비슷했다.

뒤이어 네 명이 들어오며 한결같이 인상을 찌푸렸다.

"이게 무슨 냄새야?"

"시체 썩는 냄새 같네."

거대한 숲과 지독한 악취.

두 가지 정보를 합치자 한 가지 괴물이 떠올랐다.

어글리 베어.

털이 없어 몸이 그대로 드러나 있는 곰으로, 일반 곰보다 덩치가 크고 사나우며 지능이 높다.

그리고 사냥한 고기들을 썩은 나뭇잎에 묻어 삭혀 먹는 것을 즐기는 악식가이자 자신의 심기를 거스르면 동족을 잡아먹는 것도 마다 않는 포식자였다.

등급은 C등급.

붉은 차원문에서 등장하는 괴물치고는 꽤나 강력한 괴물로 분류된다.

물론 레드 홀 위의 오렌지 홀, 옐로우 홀까지 생각하면 약하기 그지없는 괴물이었으나 첫 스킬을 얻는 대상으로는 꽤나 만족스러운 괴물이다. 신혁돈의 입꼬리가 올라갔다.

그 모습을 본 윤태수의 미간이 더욱 찌푸려졌다.

'진짜 미친놈인가?'

윤태수는 신혁돈을 바라보며 눈을 흘겼다. 남은 악취 때문에 머리가 아플 지경인데 자기 혼자 실실 웃다니.

그때 신혁돈이 윤태수와 떨거지들을 바라보며 말했다.

"레스팅 포인트를 정한다."

레스팅 포인트란 쉴 곳을 말한다.

차원문 탐사는 하루 이틀 만에 끝낼 수 있는 것이 아니었기에 안전지대를 정해놓은 뒤 그곳을 거점으로 사냥을 하고, 사냥을 통해 얻은 부산물을 쌓아 둔다.

"어디로?"

"여기."

어글리 베어는 개체수가 적다.

자신의 구역을 침범하는 것이라면 동족이든 뭐든 전부 싸워 잡아먹기 때문이다. 반대로 말하면 이미 자리를 잡은 어글리 베어의 구역에는 다른 괴물들이 침범하지 않는다는 뜻.

'이 구역의 어글리 베어를 먼저 처리하고 이곳을 안전지대로 만든다.'

신혁돈의 생각을 알 리 없는 윤태수가 되물었다.

"레스팅 포인트를 잡으려면 일단 주변이 안전한지 보는 게 우선 아닌가?"

"너, 각성하고 싶지?"

동문서답에 윤태수의 고개가 모로 꺾였다.

잠시의 고민 끝에 윤태수가 고개를 끄덕이자 신혁돈이 피식 웃으면서 말했다.

"그럼 까라면 까."

"……."

윤태수는 속으로 욕을 삼키며 떨거지 셋을 불러 레스팅 포인트를 만들기 시작했다.

*   *   *

이곳이 안전지대가 되기 위해서는 이 구역의 어글리 베어를 정리하는 것이 급선무이다.

윤태수와 떨거지들이 레스팅 포인트를 정하는 사이 신혁돈은 주변 탐사에 나섰다.

거대한 나무들 덕이 시야가 좁았고, 주변에 폭포가 있는지 커다란 물소리 때문에 청각 또한 제한되었다.

이런 상황에 믿을 것은 각성자의 특권인 에르그 에너지.

신혁돈은 다른 감각은 최대한 억제한 채로 여섯 번째 감각에 집중했다.

정신을 집중하자 에르그 에너지의 흐름이 느껴졌다.

그 상태로 탐색하길 5분여.

빠르게 움직이는 에르그 에너지 덩어리가 느껴졌다.

'찾았다.'

그 순간 신혁돈의 표정이 굳었다.

'…설마!'

어글리 베어가 레스팅 포인트를 향해 달려가고 있었다.

신혁돈 또한 달리기 시작했다.

신혁돈이 탐사를 위해 떠난 뒤 네 사람은 신혁돈의 뒤 담화를 하며 레스팅 포인트를 만들고 있었다.

"냄새 때문에 머리가 아프네."

"그러게 말입니다. 왜 이런 데 레스팅 포인트를 치라는 겁니까?"

"입 닫고 일이나 해라."

그때,

쿠어어어!

마치 바로 옆에서 지른 듯한 포효에 네 사람의 등골에 소름이 돋아났다.

"근처… 같은데 말입니다"

"그… 그 사람 어디 갔습니까?"

윤태수 또한 당황하긴 마찬가지. 신혁돈을 찾기 위해 주변을 둘러본 순간 3m는 될 법한 거대한 키에 흉측하게 주름져 있는 검은 피부를 가진 괴물 어글리 베어가 나무를 쓰러뜨리며 모습을 드러냈다

"저게 뭐야?"

쿠어어어!

그때,

딱!

어디선가 날아온 돌이 어글리 베어의 머리를 때렸다. 어글리 베어의 시선이 향한 곳에는 어느새 도착한 신혁돈이 서 있었다.

"뛰고 난리야. 힘들게."

쿠어어!

신혁돈, 그리고 나머지 넷을 번갈아 본 어글리 베어가 신혁돈을 향해 달려들었다. 신혁돈은 피하지 않고 마주 달렸다.

어글리 베어는 지능이 높은 괴물.

자신이 힘이 세다는 것을 알기에 힘 싸움에서는 절대 물러서지 않는다.

신혁돈은 그것을 역이용했다.

마치 힘 싸움을 할 듯 정면으로 달려가다 급정지한 것이다.

어글리 베어의 앞발이 허공을 가른 순간 신혁돈의 워해머가 어글리 베어의 앞발 관절을 후려쳤다.

퍽!

콰우!

불의의 일격을 허용한 어글리 베어가 그르렁거리는 소리를 내며 거리를 벌렸다. 하지만 신혁돈은 거리를 줄 생각이 없었다.

"핫!"

신혁돈이 어글리 베어의 눈을 향해 단검을 집어 던졌다. 어글리 베어는 덩치에 어울리지 않는 속도로 앞발을 들어 단검을 막았다.

팅 하는 소리와 함께 떨어진 단검.

그 순간 신혁돈이 점프했다.

단검은 눈을 찌르기 위해 던진 것이 아니었다.

어글리 베어의 시야를 가리기 위한 설계!

어느새 어글리 베어의 어깨 높이까지 점프한 신혁돈이 어글리 베어의 머리를 내려찍었다.

꾸어어!

정확히 미간을 찍힌 어글리 베어가 앞발을 마구 휘두르며 뒤로 물러섰다. 신혁돈은 템포를 늦추지 않고 어글리 베어의 몸에 달라붙었다.

한 손으로는 돌을 주워 던지며 얼굴을 견제하고 다른 한 손으로는 워해머의 송곳 부분으로 어글리 베어의 다리를 찍

어댔다.

이미 단검이 날아온 것을 한 번 겪은 어글리 베어는 돌인지 단검인지 판단할 새도 없이 얻어터지고 있었다.

"맙소사······."

그 광경을 지켜보던 윤태수의 입이 벌어졌다. 떨거지들도 마찬가지.

마치 괴물과 신혁돈이 합을 맞춰 연극을 하는 것 같았다. 모든 동작은 미리 정해져 있고 그것에 따라 움직이는 듯 자연스러운 전투.

상대의 방어뿐만 아니라 한발 앞서 다음 동작까지 알고 있는 듯한 몸놀림에 윤태수는 소름이 돋는 것을 느꼈다.

놀라고 있는 사이 어글리 베어의 한쪽 무릎이 박살 났다.

눈높이가 비슷해진 상황.

당황한 어글리 베어가 신혁돈을 압살시키기 위해 몸을 던졌다.

신혁돈은 제자리에서 점프하는 것으로 최후의 공격을 피해 냈다. 그리고 바닥으로 떨어지는 순간,

신혁돈의 워해머가 가드가 사라진 어글리 베어의 머리를 내려찍었다.

쾅!

마치 쇠를 부수는 것 같은 소리와 함께 어글리 베어의 움직

임이 멈췄다. 신혁돈은 거기서 멈추지 않고 몇 번 더 어글리 베어의 머리를 후려쳤다.

쾅! 쾅! 쾅!

신혁돈은 에르그 코어가 떠오르고 나서야 확인 사살을 멈추었다.

그제야 네 사람은 자신도 모르게 참고 있던 숨을 내쉬었다.

"후⋯⋯."

사냥을 마친 신혁돈은 얼굴에 핀 튀를 대충 닦으며 윤태수를 보고 말했다.

"닦을 거 있냐?"

신혁돈의 시선에 윤태수는 노란머리를 바라보았고, 노란머리는 화들짝 놀라며 수건을 가져왔다.

몸에 튄 피를 대충 닦은 신혁돈은 손짓으로 네 사람을 불렀다.

네 사람이 에르그 베어의 시체를 둘러싸고 서자 신혁돈이 에르그 코어를 가리키며 말했다.

"이게 에르그 코어라는 거다. 알지?"

"예."

여섯 번째 감각이라 불리는 에르그 에너지를 다루지 못하면 흡수할 수 없는 그림의 떡이나 마찬가지인 물건.

"만져 봐."

혹시나 흡수할 수 있을지도 모른다는 생각에 네 사람의 손이 급하게 움직였다. 하지만 에르그 코어는 미동도 하지 않았다.

네 사람의 손 사이로 신혁돈의 손이 쑥 들어왔다.

그러자 축구공만 한 에르그 코어가 녹아 없어지듯 신혁돈의 손으로 빨려들어 갔다.

"부럽지?"

"…예."

노란머리가 자신도 모르게 대답했다. 아차 한 노란머리가 윤태수를 바라보았지만 윤태수도 부러움 어린 눈초리로 신혁돈을 바라보고 있었다.

"너희가 각성할 수 있는 방법을 알려주지."

모두의 눈이 반짝였다.

어느새 존대를 하고 있었지만 네 사람 모두 그걸 이상하다 생각하는 사람은 없었다. 그만큼 신혁돈이 보여준 무위는 압도적이었다.

그리고 생겨날 것이라 생각해 본 적 없는 믿음이 생겼다.

'이 사람이라면 정말 나를 각성시켜 줄 수도 있겠구나.'

같은 생각을 한 네 명의 시선이 신혁돈에게로 집중되었다.

"그전에 냄비 좀 가져와라."

말을 마친 신혁돈이 단검을 뽑아 들었다. 그리곤 어글리 베어를 도축하기 시작했다. 가죽을 벗기고 뼈를 발라내는 솜씨가 한두 번 해본 것이 아니었다.

어글리 베어의 가슴이 열리고 뼈가 발라지는 것을 멍하니 보던 노란머리는 윤태수가 눈치를 주고서야 헐레벌떡 뛰어가 냄비를 가져왔다.

이것저것 발라내길 3분여.

신혁돈의 손에 어글리 베어에 심장이 들려 나왔다.

심장을 냄비에 담은 신혁돈이 나머지 네 사람을 보고 말했다.

"여기서 기다려라."

신혁돈은 네 사람의 시선이 닿지 않는 곳으로 이동했다.

어지간한 사람 머리만 한 심장을 단검으로 반으로 자르자 손가락 두 마디 크기의 알 같은 것이 모습을 드러냈다.

'에르그 기관… 오랜만에 보는군.'

붉은 차원문 C등급 이상의 몬스터들부터는 심장에 에르그 기관이라는 것이 존재한다.

이것은 에르그 에너지를 이용해 괴물의 신체를 유지하고 또 특수한 능력을 사용하게 해주는 기관이다.

무엇보다 신혁돈이 괴물의 능력을 얻기 위해서는 에르그 기관을 먹어야만 했다.

과거 포식자가 된 신혁돈은 그저 남들보다 성장이 빠른 각성자일 뿐이었다.

하지만 에르그 기관의 존재를 알게 되고, 그것을 먹기 시작하면서 괴물의 능력을 사용하기 시작했다.

그때부터는 그 어느 각성자도 신혁돈의 상대가 되지 못했다.

이것을 찾기 위해 괴물의 사체를 뒤지다 보니 도축 기술 또한 자연스럽게 늘게 된 것이다.

'기대되는군.'

어글리 베어의 에르그 기관이 어떤 스킬을 줄지, 어떤 능력을 줄지 흥분이 가라앉질 않았다.

신혁돈은 에르그 기관을 한입에 넣고 씹었다.

비각성자들이 각성자가 되기 위해서는 에르그 에너지를 느낄 수 있어야 한다.

그렇기 때문에 헌터들이 각성자의 수발을 들면서까지 차원문에 들어가려 애를 쓰는 것이다.

에르그 에너지가 충만한 차원문을 돌아다니다 보면 자연히 익숙해지게 되고, 어느 순간 에르그 에너지를 느낄 수 있게 되기 때문이다.

물론 일반인들에게나 적용되는 소리이다.

신혁돈에게는 편법이 있었다.

꿀꺽.

에르그 기관을 씹어 삼킨 신혁돈은 포식 스킬을 사용했다.

동시에 온몸으로 에르그 에너지가 퍼지는 것이 느껴진 순간 신혁돈은 장갑을 벗고 단검으로 자신의 손바닥을 그었다.

깊게 베인 상처에서 피가 흘러나오자 신혁돈은 냄비에 피를 받았다.

주르륵.

에르그 에너지 전도율이 가장 높은 것은 바로 피.

괴물의 에르그 코어와 기관을 흡수해 온몸에 에르그 에너지가 가득해진 순간,

포식을 사용한 신혁돈의 피에는 많은 양의 에르그 에너지가 흐르고 있었고, 그것을 바로 뽑아내 에르그 에너지가 가득 담긴 피를 만든 것이다.

네 명이 한 모금씩 마실 정도가 되자 신혁돈은 지혈을 한 뒤 다시 장갑을 끼고선 네 명이 기다리고 있는 곳으로 향했다.

"마셔라."

"예?"

네 사람의 시선이 신혁돈이 들고 있는 냄비로 향했다.

심장을 들고 가더니 웬 핏물을 들고 왔다. 누가 봐도 심장에서 추출한 피로 생각할 수밖에 없는 상황.

"이게 뭡니까?"

"각성하는 약."

몬스터의 피를 먹는다고 해서 일반인이 각성할 순 없다. 결국 신혁돈이 수를 썼다는 것.

윤태수의 눈이 반짝였다.

"…그런 게 있습니까? 어떻게 만드신 겁니까?"

"100억."

"예?"

"일반인을 각성자로 만들어주는 약 제조법을 맨입으로 듣겠다고?"

윤태수의 눈이 가라앉았다.

신혁돈의 말대로 일반인을 각성자로 만들어주는 액체라면 100억 그 이상의 가치가 있다.

윤태수가 머리를 굴리는 것을 본 신혁돈이 말을 덧붙였다.

"일시불. 현금."

결국 알려주지 않겠다는 것과 같은 소리다.

윤태수는 입술을 비죽이고서는 냄비를 받아 들었다.

"이거 마시면 각성할 수 있는 겁니까?"

"먹기 싫으면 말든가."

잠깐의 고민 끝에 윤태수가 먼저 한 모금을 마시고 냄비를 넘겨주자 떨거지들이 돌아가며 한 모금씩 마셨다.

"식도와 위를 타고 무언가 퍼지는 게 느껴질 거다. 그 느낌을 놓치지 마라."

말을 마친 신혁돈 또한 자리를 잡고 앉았다.

어글리 베어의 능력을 흡수했으니 확인을 할 차례였다.

[어글리 베어]

―어글리 베어의 육체(Rank F, Rare, Active)

―어글리 베어의 정신(Rank F, Rare, Passive)

분배 가능 포인트 : 1

신혁돈의 미간이 찌푸려졌다.

저번 삶과 다르다.

어글리 베어를 대표하는 것은 힘. 그렇다면 '어글리 베어의 힘'이라는 스킬 하나가 생기고 끝나야 한다.

'유니크 등급이라는 건가?'

포식 스킬이 유니크로 진화되면서 스킬 또한 변한 것이 분명했다.

'정신과 육체라……'

고민할 것도 없었다.

저 멍청한 괴물의 정신을 어디에 쓰겠는가.

메시지창을 바라보던 신혁돈은 육체에 포인트를 투자했다.

—어글리 베어의 육체(Rank E, Active)

분배 가능 포인트 : 0

랭크가 오르고 포인트가 사라졌다. 한 마리를 먹어서 얻은 포인트가 1이고, 스킬 랭크의 끝은 A다.

'그럼 네 마리면 되나?'

신혁돈은 고개를 저었다.

그렇게 쉬울 리가 없었다.

E랭크에서 D랭크를 가는 데는 분명 2 포인트 이상이 필요할 것이다. 그 이상은 더 들어갈 것이고.

어차피 한 마리 잡았다고 사냥을 멈출 생각은 없었다.

'먹다 보면 A가 되겠지.'

신혁돈은 명상을 하는 건지 멍 때리고 있는 건지 모를 네 사람을 한 번 바라본 뒤 자리에서 일어섰다.

그리곤 어글리 베어의 육체를 발동시켰다.

변화의 시작은 손끝이었다.

용암이 끓듯 피부가 불룩거리며 손톱이 두꺼워지고 길어졌다. 손뼈가 굽어 곰의 그것처럼 변했고, 그와 동시에 팔도 두꺼워졌다.

마치 곰의 것과 같은 팔과 손. 그것을 움직이기 위해 비대해진 어깨 근육이 완성되자 변화가 멈추었다.

"맙소사……."

전에는 스킬 합성을 통해 '포식자' 스킬을 발동해야만 가능하던 몬스터 폼이 스킬을 얻은 것만으로 가능해졌다.

게다가 '잠식'으로 인한 제약까지 없다니.

이것이 유니크 등급의 힘!

약간 어색한 느낌이 있긴 했지만 그것을 넘어서는 강한 힘이 느껴졌다.

'얼마나 강할까.'

붉은 차원문에서 나오는 C등급 괴물의 힘.

신혁돈이 곰같이 변한 팔로 거목을 긁었다.

콰드득!

마치 솜사탕을 긁듯 나무의 껍질이 뭉텅 파였다.

"오……!"

신이 난 신혁돈은 거목을 후려쳤다.

쾅!

수많은 나뭇잎이 떨어지긴 했지만 거목이 쓰러질 기미는 보이지 않았다.

'쓰러뜨려 볼까?'

쾅! 쾅! 쾅! 쾅!

오기가 생긴 신혁돈은 숨이 거칠어질 때까지 나무를 후려쳤다.

하지만 나무는 푹푹 파이기만 할 뿐 쓰러질 기미가 보이지 않았다.

그때.

[잠식이 시작됩니다.]
[잠식 진행률 : 1%······.]

"쯧."

잠식이 없을 리 없었다.

잠식이 100%가 되면 신체의 균형이 무너지게 되고, 신혁돈은 인간의 모습을 잃게 된다.

즉 한 마리의 괴물이 되고 마는 것이다.

신혁돈은 혀를 차고선 몬스터 폼을 해제했다.

어글리 베어의 그것처럼 변해 있던 팔과 어깨가 다시 인간의 것으로 돌아온 순간, 뒤통수에 따가운 시선이 느껴졌다.

신혁돈이 뒤로 돌자 어느새 눈을 뜬 네 사람이 신혁돈을 바라보고 있었다. 노란머리는 신혁돈과 눈이 마주치자 기이한 소리를 냈다.

"으, 으어어어······."

윤태수가 침을 꿀꺽 삼키고서 물었다.

"그··· 뭡니까?"

"내 스킬."

"내가 아는 각성자들은 괴물을 잡지, 자기가 괴물이 되진 않던데 말입니다."

"이제 하나 알았네."

"…밀리 계열입니까?"

"따지자면 하이브리드지."

"아무리 하이브리드라고 해도……."

'사람 같아야지…….'

윤태수는 뒷말을 꿀꺽 삼켰다.

각성자의 종류에는 세 가지가 있다.

신체를 강화해 전투하는 밀리 계열과 정신을 강화해 마법, 혹은 주술과 같은 초능력을 사용하는 메이지 계열, 그리고 두 가지 범주에 해당되지 않거나 두 가지 모두를 가지고 있는 것들을 하이브리드라 부른다.

'저걸 하이브리드라고 부를 수 있을까?'

윤태수의 생각을 아는지 모르는지 신혁돈은 주변을 살피고 있었다.

'배가 고프군.'

몬스터 폼을 해제하자마자 허기가 몰려왔다. 일반적인 허기와는 다른 심장이 원하는 허기.

신혁돈은 단검을 뽑아 들고 어글리 베어의 시체로 걸어가며 네 사람에게 물었다.

"뭘 좀 느꼈나?"

"이게 에르그 에너지라는 건 알겠습니다."

윤태수가 제일 먼저 대답했고, 떨거지들 또한 얼추 느꼈다고 대답했다.

그사이 신혁돈은 어글리 베어의 허벅지살을 잘라냈다.

"설마 먹을 겁니까?"

"너도 줄까?"

당연히 기겁할 줄 알았는데 윤태수가 한 걸음 앞으로 나섰다.

"그거 먹으면 당신처럼 강해질 수 있습니까?"

"아니."

"그럼 됐습니다."

'요것 봐라?'

순간 지난 삶에서 본 윤태수의 눈빛이 보였다. 틈을 보이면 놓치지 않고 물어뜯던 맹수 같은 모습.

윤태수가 조금씩 제 모습을 찾아가고 있었다.

방금까지 몬스터 폼을 하고 있던 신혁돈의 모습이 굉장히 충격적이었는지 윤태수를 제외한 떨거지들은 아직까지도 신혁돈과 눈을 맞추지 못하고 있었다.

나쁘지 않다.

윤태수야 의형제를 맺을 정도로 친하고 신혁돈이 믿고 있는 존재였지만 떨거지들은 다르다.

  언제 어떻게 될지 모르는 상황에 신혁돈에 대한 본능적인 공포를 가지고 있다면 배신을 하더라도 한 번은 더 생각하게 될 테니.

  고기를 두고 모닥불을 피우는 신혁돈의 뒷모습을 바라보던 윤태수가 떨거지들을 보고 말했다.

  "우리도 밥이나 먹자."

  *   *   *

  식사를 마치자 윤태수가 물었다.

  "피는 계속 먹어야 하는 겁니까?"

  "앞으로 두 번 정도."

  "그럼 각성하는 겁니까?"

  "차원문 클리어와 동시에 각성하겠지."

  고개를 끄덕인 윤태수가 신혁돈을 바라보며 물었다.

  "등급이 어떻게 되십니까?"

  등급.

  차원문이 나타난 이후 인간을 나누는 새로운 기준이 된 지표다.

각성자가 된 것을 국가기관에 인증하면 1등급 각성자 자격증이 주어진다.

그 이후로 등급을 올리려면 등급 시험에 통과해야 하는데 등급 시험은 고등급 차원문을 클리어하는 것으로 이루어진다.

한 번에 20~30명의 인원을 무작위로 뽑아 공격대를 이루게 하고 시험을 보는데 이들 중 합격점을 받은 이들만 자격증을 받을 수 있다.

2등급이 되기 위해서는 레드 홀의 C등급 차원문 클리어를, 3등급이 되기 위해서는 레드 홀의 A등급 차원문과 오렌지 홀의 F등급 차원문을 클리어할 수 있어야 한다.

"3등급."

자격증이 있는 것은 아니지만 지금의 몸 상태라면 오렌지 홀 F등급 차원문까지는 클리어할 수 있을 것 같았다.

물론 공격대를 이루지 않고 혼자서.

무릎을 두들기며 생각하던 윤태수가 물었다.

"3등급이 되면… 당신처럼 강해질 수 있습니까?"

"형이라 불러라. 그리고 대답은 아니다."

단호한 대답에 윤태수가 헛웃음을 흘렸다.

"어디서 나오는 자신감입니까?"

신혁돈은 방금 어글리 베어 고기를 먹어 나온 배를 퉁퉁 두들기며 말했다.

"여기."

윤태수가 어이없다는 표정으로 고개를 젓는 동안 신혁돈이
말을 이었다.

"다 쉬었으면 움직이자."

*　　　　*　　　　*

각성을 하면 그저 전투에 적합한 몸이 되는 것뿐이지, 무조
건 힘이 생기고 강력해지는 것은 아니었다.

무엇보다 필요한 것은 실전 경험.

아무리 조직 생활을 한 놈들이라 한들 괴물과 싸우는 것은
싸움의 궤 자체가 다르다.

이런 것들을 굳이 말로 설명해 줄 생각은 없었다.

"썩은 고기를 찾아라."

신혁돈의 말과 함께 윤태수와 떨거지들이 둘씩 짝을 지어
탐색에 들어갔다.

언제 어디서 어글리 베어가 튀어나올지 모르는 숲.

신혁돈이 뒤에서 지켜보고 있다 하지만 올가미에 목을 들
이미는 기분이 드는 것은 어쩔 수 없었다.

한참을 탐색하던 도중 노란머리가 손을 번쩍 들었다.

"여기 냄새가 심하게 납니다."

"파봐."

노란머리가 코를 틀어막고서 단검으로 썩은 나뭇잎을 헤집자 썩은 고기가 나왔다. 고기가 썩은 정도를 보아 곧 어글리 베어가 나타날 것 같았다.

"대기한다."

신혁돈은 여섯 번째 감각에 집중한 채 어글리 베어를 기다렸다.

이미 한 번 자리를 비운 사이 네 명 모두 죽을 뻔한 적이 있었기에 조금 시간이 더 걸리더라도 안전하게 가는 방법을 선택한 것이다.

전의 경우 일반 어글리 베어라 다행이었지만 만약 '재빠른'이나 '힘이 센' 패턴이었다면 신혁돈보다 어글리 베어의 도착이 빨랐을 것이고, 넷 중 한둘은 명을 달리했을지도 모른다.

"여기… 또 썩은 고기가 있는데 말입니다."

대기하는 사이 주변을 살피던 노란머리가 다른 시체를 발견했다.

신혁돈의 입꼬리가 올라갔다.

"더 찾아봐."

신혁돈이 주변을 경계하는 사이 윤태수와 떨거지들이 단검을 들고 땅을 파기 시작했다. 얼마 지나지 않아 세 개의 썩은 고기가 더 발견되었다.

일반적인 어글리 베어는 한곳에 하나 이상의 고기를 썩히지 않는다.

그리고 일반적이지 않는 행동을 하는 몬스터는 패턴 몬스터뿐이다.

"패턴 어글리 베어의 영역일 가능성이 있다."

신혁돈의 말에 윤태수가 물었다.

"저희가 해야 할 것이 있습니까?"

"썩은 고기를 더 찾아라."

네 명이 긴장하며 표정을 굳히는 사이 신혁돈은 말려 올라가는 입꼬리를 주체하기 위해 애쓰고 있었다.

패턴 몬스터가 아닌 어글리 베어를 먹었을 때 1 포인트가 오르고 두 가지의 스킬이 생겼다.

한데 패턴 몬스터를 사냥해 먹는다면?

'분명 더 좋은 보상이 있겠지.'

그때, 땅이 울렸다.

쿵! 쿵! 쿵!

마치 거대한 나무들이 쓰러지는 것과도 같은 진동.

윤태수와 떨거지들의 시선이 소리가 들린 곳으로 향했다.

꿀꺽.

윤태수가 침을 삼킨 순간, 거대한 어글리 베어가 나무를 헤치고 나타났다.

쿠어어어!

그때 신혁돈이 윤태수의 왼쪽 어깨를 툭툭 두드렸다.

윤태수가 고개를 돌려 신혁돈을 바라보았다.

신혁돈은 방금 나타난 어글리 베어를 보고 있는 것이 아니라 다른 곳을 보고 있었다.

이상함을 느낀 윤태수가 신혁돈의 시선을 따라간 순간,

아파트 3층 높이는 될 법한 키와 어지간한 남자 몸통보다 두꺼운 앞발, 그리고 이마에서 푸른색으로 발광하는 패턴.

쿠어어어!

반대편에서 패턴 몬스터가 나타났다.

순식간에 두 마리의 어글리 베어에 둘러싸인 상황.

"어떻게 합니까?"

윤태수는 다급히 신혁돈을 바라보았다.

"이거 쉽게 갈 수도 있겠는데."

신혁돈은 미소를 짓고 있었다.

뒤에는 패턴 어글리 베어.

앞에는 일반 어글리 베어.

순식간에 괴물에게 둘러싸인 네 사람의 간절한 시선이 신혁돈에게로 모였다.

하지만 신혁돈은 여전히 패턴 몬스터를 바라보고 있었다. 정확히는 패턴 몬스터의 이마에서 빛나고 있는 패턴의 모양을 보고 있었다.

패턴의 모양으로 어떤 패턴의 괴물인지를 파악할 수 있기 때문이다.

마치 수십 마리의 뱀이 얽힌 것과 같은 모양새.

'이능 패턴인가.'

육체적 능력 외의 이능력을 발휘하는 패턴이다.

갑자기 불을 뿜을 수도, 완력이 강화될 수도 있었다. 어떤 능력인지는 구체적으로 알 수는 없었지만 이능 패턴이라는 것을 알았다는 것만으로 충분한 수확이다.

어글리 베어는 자신의 힘을 과시하듯 앞발을 마구잡이로 휘둘렀다. 그러자 아름드리 거목들이 수수깡처럼 부러지며 사방으로 쓰러졌다.

'스치면 죽는다.'

그런 와중에도 신혁돈은 미소를 짓고 있었다.

이능 패턴을 가진 패턴 몬스터의 에르그 기관을 취하면 낮은 확률로 몬스터의 이능을 취할 수 있다.

"아주 좋아."

신혁돈은 패턴 몬스터와 일반 어글리 베어를 번갈아 보았다.

두 마리는 서로 그르렁거리며 눈치를 보고 있었다. 당장에라도 싸움이 붙을 기세.

'영역이 겹쳤군.'

패턴 어글리 베어가 영역을 확장하는 사이 일반 어글리 베어의 영역을 침범한 모양이다.

가만히 놔두면 두 마리는 한쪽이 죽을 때까지 싸울 것이다. 물론 승리는 패턴 몬스터가 할 것이고 신혁돈은 가만히 있다가 힘이 빠진 패턴 몬스터를 처리하면 된다.

하지만,

'그렇겐 안 되지.'

신혁돈의 목표는 차원문 내의 모든 어글리 베어를 홀로 처치해 또 다른 히든 피스를 발견하는 것이다.

이곳은 패턴 몬스터가 등장하는 C등급 차원문.

저번에 히든 피스를 발견한 E등급 차원문보다 두 단계가 높은 차원문이니 더 좋은 보상을 줄 것이 분명했다.

그러기 위해서는 두 마리가 싸우다 한 마리가 죽는 상황이 나와서는 안 된다.

게다가 패턴 몬스터.

아무리 어글리 베어라도 잘못 걸리면 즉사할 가능성이 있었다.

'패턴부터 잡는다.'

생각을 마친 신혁돈이 어찌할 바를 모르고 눈만 굴리고 있는 네 명에게 말했다.

"엎드려서 움직이지 말고 있어라."

괜히 움직였다가 어글리 베어의 시선을 끄는 순간 이들은 죽는다. 신혁돈이 두 마리 모두의 시선을 끌 때까지 이들은 없는 존재가 되어야 했다.

네 사람이 바짝 엎드리자 신혁돈은 엎드리지 않고 워해머와 단검이 매어 있는 허리띠를 풀었다.

"뭘 하려고……."

윤태수의 말이 끝나기도 전에 신혁돈의 몸이 변하기 시작했다. 근육이 부풀고 뼈가 뒤틀리는 기괴한 소리가 끝나자 신혁돈은 어글리 베어의 팔을 가진 반인반수의 모습이 되었다.

"패턴이 큰 놈, 일반이 작은 놈."

"예?"

"신호하면 도망쳐라."

마치 괴물이 억지로 인간의 목소리를 내는 것과 같은 목소리. 윤태수는 등골에 돋는 소름을 애써 무시하며 고개를 끄덕였다.

그 순간.

"쿠아아아!"

신혁돈이 큰 놈을 향해 포효했다.

인간에겐 관심조차 없던 큰 놈의 시선이 신혁돈에게로 향했다. 그리고 의문이 떠올랐다.

얼핏 봐서는 자신과 비슷하게 생겼다. 한데 크기가 작다.

의문은 오래가지 않았다.

어차피 모두 죽이면 되는 것. 생각을 멈춘 패턴 몬스터, 즉 큰 놈이 신혁돈을 향해 네 발로 달려오기 시작했다.

"쿠어어!"

신혁돈 또한 큰 놈을 향해 달려들었다.

큰 놈의 앞발이 떨어진 순간, 신혁돈은 가뿐히 피하며 괴물의 발목을 길게 베었다.

'깊지 않다.'

역시 패턴 몬스터.

일반 어글리 베어라면 뼈까지 긁혔을 공격이 생채기를 내는 것만으로 끝났다.

"쿠엉!"

전투가 시작되자 뒤에서 지켜보고 있던 일반 어글리 베어, 즉 작은 놈이 포효하며 이쪽으로 달려오기 시작했다.

그것을 발견한 신혁돈이 신호했다.

"지금!"

네 사람은 작은 놈의 진로에 있었다. 가만히 있다가는 밟혀 죽을 위기. 신혁돈이 소리침과 동시에 네 사람은 벌떡 일어나 사방으로 흩어졌다.

'윤태수의 지시인가?'

뭉쳐서 도망갔다간 어글리 베어의 이목을 끌 수도 있었다.

하지만 사방으로 흩어진다면 작은 놈은 한 명을 쫓기보다는 눈앞에서 벌어지고 있는 전투에 더 관심을 가질 것이다.

짧은 순간에 이런 판단을 내릴 수 있는 사람은 윤태수밖에 없었다.

큰 놈의 공격을 피하는 신혁돈의 입가에 미소가 번졌다.

윤태수가 점점 두각을 드러내고 있었다.

신혁돈의 예상은 적중했다.

신혁돈이 몬스터 폼을 하고 패턴 몬스터에게 달려간 순간 윤태수의 머리가 빠르게 회전했다.

신호를 한다고 한 것은 노리는 타이밍이 있다는 것.

"저 인간이 신호하면 바로 움직인다. 현호 넌 저쪽, 진태 넌 저쪽……."

세 명에게 일일이 방향을 정해주고 자신까지 방향을 정한 윤태수는 엎드린 채로 신혁돈의 전투를 바라보았다.

그리고 신혁돈이 신호를 준 순간, 네 사람이 사방으로 흩어졌다.

거대한 나무 그늘에 숨은 윤태수는 숨을 죽이며 떨거지들을 찾아보았다. 한 명씩 눈을 맞춰 모두가 무사한 것을 확인한 윤태수는 안도의 한숨을 내쉰 뒤 다시 전장을 바라보았다.

세 괴물의 전투.

공격이 빗나가 바닥을 때릴 때마다 지진이 난 듯 땅이 흔들리고 거대한 나무가 쓰러졌다.

그중에 단연 돋보이는 것은 신혁돈이었다.

두 마리에 비해 작은 체구를 이용해 다리와 팔 사이를 오가며 쉴 새 없이 공격을 퍼붓고 있었다.

신혁돈의 손톱에 긁힌 몬스터들이 피를 쏟아냈다.

두 마리는 서로를 견제하느라 신혁돈을 제대로 노리지 못했고, 신혁돈은 그 점을 이용해 물 만난 물고기처럼 날뛰고 있었다.

"콰우!"

어느새 피투성이가 된 두 마리에 비해 신혁돈은 상처 하나 없었다.

하지만 신혁돈이라고 편한 것만은 아니었다.

[잠식 진행률 : 52%……]

공격 하나하나에 온 힘을 담다 보니 잠식 또한 빠른 속도로 진행되고 있었다. 숨이 거칠어질수록 잠식의 속도는 빨라졌다.

'최대한 빨리 끝내야 한다.'

그때, 거슬리는 신혁돈보다 눈앞의 적을 먼저 물리치기로 한 듯 두 마리의 앞발이 허공에서 맞부딪치며 힘 싸움에 들어갔다.

'기회다!'

신혁돈이 큰 놈의 얼굴을 향해 도약했다.

큰 놈과 눈이 마주친 순간,

신혁돈의 손톱이 큰 놈의 목을 꿰뚫었다. 신혁돈은 거기서 멈추지 않고 큰 놈의 목을 반쯤 뜯어냈다.

"꾸어억!"

목이 뜯긴 큰 놈이 힘을 잃고 쓰러졌다. 힘 싸움을 하고 있던 작은 놈 또한 중심을 잃고 휘청한 순간, 바닥으로 내려온 신혁돈이 기세를 몰아 손으로 작은 놈의 가슴을 꿰뚫었다.

푸확!

쿵!

한순간의 잘못된 판단으로 두 마리 모두 쓰러졌다.

신혁돈은 멈추지 않고 작은 놈의 숨통을 끊었다.

그리고 패턴 몬스터의 숨통을 끊기 위해 걸음을 돌린 순간 큰 놈의 이마에 있던 패턴이 빛을 뿜기 시작했다.

'이능 발현.'

신혁돈이 훌쩍 뛰어 뒤로 물러섰다.

'치유인가? 아니면 자폭?'

푸른색을 띠던 패턴이 삽시간에 붉어지며 큰 놈의 온몸으로 퍼져 나갔다.

'광전사!'

자신의 생명을 소진하는 대신 신체적 능력치를 극한까지 끌어올려주는 이능!

'막아야 한다!'

일단 광전사가 발동되면 지금의 신혁돈으로는 막을 수 있는 방법이 없었다. 신혁돈 홀로 몸을 빼는 것은 가능하겠지만 그렇게 되면 윤태수와 떨거지들의 목숨을 장담할 수 없는 상황.

[잠식 진행률 : 72%⋯⋯.]

잠식 또한 얼마 남지 않았다.

'5초.'

광포화가 발동되는 데 걸리는 최소한의 시간.

"쿠어!"

'그전에 잡는다!'

순식간에 생각을 마친 신혁돈이 땅을 박찼다.

눈까지 붉어진 큰 놈이 앞발을 휘둘렀다.

간단히 피한 신혁돈이 큰 놈의 머리에 다다른 순간,

콰직!

신혁돈의 팔이 큰 놈의 두개골을 꿰뚫었다.

*   *   *

큰 놈의 시체에서 에르그 코어가 떠올랐다.

"헉… 헉……."

거친 숨을 몰아쉰 신혁돈은 몬스터 폼을 해제했다. 긴장이 풀리며 온몸에 피로가 찾아들었다.

'힘들군.'

몬스터 폼은 강력하다.

하지만 그만큼 소모하는 에너지가 엄청나다. 당장에라도 쉬고 싶었지만 그보다 먼저 할 것이 있었다.

'패턴 몬스터의 에르그 기관 흡수.'

게다가 이능 광전사를 가지고 있는 녀석이었다. 만약 광전사를 흡수할 수만 있다면 보험이 하나 생기는 것.

신혁돈이 미소를 지으며 에르그 코어를 흡수하려 손을 얹은 순간, 에르그 코어의 빛이 사그라들며 형태를 갖추기 시작했다.

"아이템……."

아이템이 생성되는 것을 본 윤태수가 헐레벌떡 달려왔다.

에르그 코어는 손가락 한 마디 크기까지 줄어들었고, 조그만 반지 모양을 이루고서야 변화를 멈추었다.

　신혁돈이 손을 뻗자 붉은색의 반지가 신혁돈의 손에 올려졌다. 그와 동시에 메시지창이 떠올랐다.

　정신의 벗[Set]
　─정신 마법 저항력이 상승합니다.
　─어떠한 상황에서도 정신을 잃지 않습니다.
　─성장이 가능합니다.
　─조건이 밝혀지지 않았습니다.

　'세트 아이템!'
　두 가지 이상의 아이템으로 구성되어 있고, 일정 개수 이상을 모을 시 시너지 효과를 발휘하는 아이템을 세트 아이템이라고 한다.
　'한데……'
　처음 보는 아이템이다.
　게다가 능력치를 올려주는 것도 없이 정신 마법 저항력이 상승한다니.
　신혁돈이 실망스러운 표정을 짓자 윤태수가 가까이 다가와 물었다.
　"무슨 아이템입니까?"

"쓰레기."

"확인해 봐도 되겠습니까?"

신혁돈이 반지를 건네자 윤태수는 반지를 살펴본 뒤 표정을 굳혔다.

세트 아이템이 잠재력을 가지고 있는 것은 맞지만 이건 좀 너무했다.

능력치가 붙은 것도 아니다.

성장형 아이템이긴 했지만 성장 기대치라는 것이 없었다.

먼 미래 와이트, 혹은 위치 같은 정신 공격을 하는 괴물도 나타나긴 하지만 레드 홀에서 나오는 아이템으로 그들의 공격을 막아낼 순 없을 것이다.

"진짜 쓰레기네."

신혁돈이 반지를 돌려받아 주머니에 넣자 뒤이어 떨거지들이 신혁돈이 두고 간 워해머와 단검 등의 짐을 들고 왔다.

"대단하십니다."

"고생하셨습니다."

전투를 위해 태어난 것이라 생각할 만큼 완벽한 모습. 단한 번의 기회를 위해 쉼 없이 움직이다 기회가 온 순간 순식간에 전투를 끝내 버렸다.

신혁돈은 대충 고개를 끄덕여 주고선 말했다.

"냄비."

미리 준비해 둔 냄비에 두 개의 심장을 담은 신혁돈이 나무 뒤로 향했다. 심장에서 에르그 기관을 꺼내 흡수한 뒤 피를 받았다.

에르그 에너지가 가득 든 피를 받은 윤태수와 떨거지들은 전과 같은 거부반응 없이 피를 받아 마셨다.

신혁돈은 그들이 명상에 들어간 것을 확인하고선 새로 얻은 것을 확인했다.

[어글리 베어]
—어글리 베어의 육체(Rank E, Rare, Active)
—어글리 베어의 정신(Rank F, Rare, Passive)
분배 가능 포인트 : 5

스킬은 생기지 않았다.

그렇다고 좋은 아이템을 얻은 것도 아니다.

"아쉽군."

하지만 첫 패턴 몬스터. 벌써부터 실망할 필요는 없었다. 혀를 한 번 찬 신혁돈은 메시지창으로 다시 고개를 돌렸다.

'패턴 몬스터는 4포인트인가.'

신혁돈은 고민할 것 없이 어글리 베어의 육체에 5포인트를 투자했다.

―어글리 베어의 육체(Rank C, Rare, Active)

E에서 D로 2 포인트, D에서 C로 3포인트를 소모해 총 5 포인트를 모두 소모하자 어글리 베어의 육체 스킬이 C랭크가 되었다.

'정신은 도대체 왜 있는 거지?'

가이아의 권능인 '시스템'.

차원문에 대적하는 인간을 위해 지구의 신 가이아가 만들었다고 전해지는 시스템은 절대 이유 없는 결과를 내놓지 않는다.

즉 신혁돈에게 생긴 스킬에는 이유가 있을 것이다.

'이 반지도 뭔가 이유가 있겠지.'

신혁돈은 반지를 꺼내 손가락에 끼워보았다.

그때,

―어떠한 상황에서도 정신을 잃지 않습니다.

반지의 효과가 머릿속에서 번쩍였다.

'혹시?'

잠식에도 저항할 수 있지 않을까.

신혁돈은 벌떡 일어났다가 다시 자리에 앉았다.

만약이라는 가능성에 투자할 정도로 가치 없는 삶이 아니다.

'세트를 모아야겠군.'

얼마 지나지 않아 네 사람이 눈을 떴다.

"확실히 아까보다 진전이 있습니다."

"그 감각, 계속 기억해라."

신혁돈은 말을 마치고 하늘을 올려다보았다.

어느새 해가 지고 있었다.

"오늘은 이곳에서 쉰다."

"예."

신혁돈의 말이 떨어지기가 무섭게 레스팅 포인트가 설치되었다.

간단한 식사를 마친 신혁돈은 나무 둔치에 누웠다.

그사이 텐트를 설치한 윤태수가 다가와 물었다.

"텐트 한 동 드립니까?"

"필요 없어."

"돈 안 받겠습니다."

신혁돈이 고개를 젓자 윤태수가 또다시 물었다.

"그럼 어깨 주물러 드릴까요?"

"됐다니까!"

신혁돈의 미간이 찌푸려졌다.

"그럼……."

"저리 안 꺼져?"

윤태수가 그제야 입을 닫았다.

대신 두 걸음 뒤에 서서 신혁돈의 뒤통수를 바라보고 있다.

신혁돈은 누워서 눈을 감아버렸다.

윤태수가 저러는 이유는 뻔했다.

경계심이 누그러들고 뜯어먹어야 할 대상이라 판단이 서자마자 안면몰수하고 태도를 바꾼 것이다.

'썩을 놈.'

신혁돈의 입가에 미소가 번졌다.

'내일부터는 더 빠르게 움직여야겠군.'

신혁돈의 목표는 더욱 높은 곳에 있다. 이런 곳에서 낭비할 시간이 없었다.

"쿠어어어!"

어느새 완벽한 어글리 베어의 모습이 된 신혁돈이 포효했다.

전투의 시작을 알리는 포효!

포효를 마친 신혁돈이 어글리 베어에게 달려들었다.

"저 짓은 도대체 왜 하는 거지?"

신혁돈이 사냥하는 모습을 구경하던 윤태수가 턱을 긁으며 말했다.

"그, 본능 같은 거 아니겠습니까?"

"저러다 썩은 고기 찾아 먹는 거 아닌지 몰라."

"설마 그렇게까지 하겠습니까?"

의미 없는 잡담을 나누는 사이 학살과도 같은 전투가 끝나고 신혁돈은 다시 한 번 포효했다. 마치 먹이사슬의 정점에 있는 맹수가 전투에서의 승리를 알리는 것 같은 모습이다.

"어휴……."

사냥이 끝난 신혁돈이 어느새 완벽한 어글리 베어의 모습에서 인간의 모습으로 돌아와 어글리 베어의 심장을 꺼내고 있었다. 시체에 관한 뒤처리가 끝나자 신혁돈이 말했다.

"이게 마지막 어글리 베어였다."

"어떻게 아십니까?"

"감."

윤태수가 '말해주기 싫으면 싫다고 하든가' 하고 중얼거렸지만 진짜 감이었다.

패턴 어글리 베어와의 전투 이후 열흘이 지났다.

열흘간 사냥한 어글리 베어의 수는 31마리.

모든 어글리 베어의 에르그 기관을 섭취한 신혁돈은 '어글리 베어의 육체' A랭크를 달성했다.

그 결과 신혁돈은 완벽한 어글리 베어로의 변신이 가능해졌다. 게다가 원하는 부위만 변신할 수 있는 능력까지도 생겼다.

윤태수와 떨거지들은 신혁돈이 변신할 때마다 기겁하며 고개를 돌렸지만, 신혁돈으로서는 만족스럽기 그지없는 결과였다.

총 31포인트 중 9포인트를 사용했고, 나머지 22포인트는 묵혀두었다.

어글리 베어의 정신에 투자해 볼 가치는 있었지만 보스 몬스터를 사냥해 어떤 스킬이 나올지 모르니 일단은 보류해 둔 것이다.

윤태수는 어느덧 조용해진 숲을 둘러보며 말했다.

"열흘 동안 나타난 패턴 몬스터가 단 한 마리라……."

그간 나타난 것은 일반 어글리 베어뿐, 그날 이후로 패턴 몬스터는 일절 모습을 보이지 않았다.

하지만 신혁돈은 초조해하기는커녕 원래 그런 것이라는 듯 자연스럽게 사냥을 이어갔다.

앞장서서 걸어가는 신혁돈의 뒤통수를 보며 윤태수가 말을 이었다.

"불안해."

패턴 차원문을 거래하며 얻은 정보 중 어디에도 패턴 몬스터가 단 한 마리만 등장했다는 말은 없었다.

유유자적 산책을 하듯 걷고 있던 신혁돈이 말했다.

"이유가 있긴 하지."

조금만 더 생각해 보면 답이 나올 것 같았다.

윤태수는 신혁돈의 뒤통수를 뚫어지듯 바라보며 고민해 보았지만 답은 나오지 않았다.

결국 궁금증을 찾지 못한 윤태수가 신혁돈에게 물었다.

"이유가 뭡니까?"

"맨입에?"

"얼맙니까?"

"100만 원."

"…드리죠."

누구도 개척하지 못한 곳에 대한 정보. 선점할 수만 있다면 백만 원이 아깝지 않았다.

신혁돈은 피식 웃으며 대답해 주었다.

"보스 몬스터가 패턴 몬스터로 등장할 확률이 높아진다."

보스 몬스터가 패턴 몬스터로 등장한다는 것은 더 큰 보상을 줄 확률이 높아진다는 뜻과 같다.

순간 머리를 굴린 윤태수가 말했다.

"6 대 4 기억하시지 말입니다."

"그럼."

윤태수는 문득 불안감이 드는 것을 느꼈다.

'근데 내가 6이 맞나?'

그때 계약서를 작성하지 않은 것이 뼈저린 실수로 느껴졌다. 차원문에서 나간 뒤 신혁돈이 자신이 6이라 우긴다면 별 도리가 없는 상황.

"제가 6 맞지 말입니다?"

신혁돈이 하늘을 향해 시선을 던지며 말했다.

"해도 없는데 더위 먹었나?"

"예?"

"30% 받고 싶어?"

"아닙니다. 40%로 만족합니다.

윤태수의 얼굴이 구겨졌다.

이미 구두로 계약한 상황. 이제 와서 자신이 6이라 우길 수도 없었다.

윤태수가 절망하는 사이, 신혁돈은 윤태수를 보며 고소를 머금고 있었다.

윤태수의 머리 돌아가는 소리가 여기까지 들리는 듯했다.

열흘간의 동고동락이 헛되진 않았는지 윤태수와 떨거지들은 어느새 신혁돈을 형님으로 인정하고 형님이라 부르고 있었다.

'좋아.'

네 사람의 각성도 순조롭게 진행되고 있었다. 차원문을 클리어하는 동시에 각성을 할 것이다.

이제 남은 것은 패턴화된 보스 몬스터를 잡는 것.

그러기 위해선 차원석을 찾아야 했다.

신혁돈의 걸음이 빨라지자 덩달아 네 사람의 걸음 또한 빨라졌다.

*   *   *

"이게 무슨 냄새지?"

노란머리가 코를 킁킁거리며 주변을 살폈다.

지금까지 숱하게 맡아온 시체 썩는 냄새가 아닌, 고무가 녹는 것 같은 고약한 냄새가 나고 있었다.

"숨을 멈춰라."

신혁돈의 말과 동시에 네 사람이 숨을 멈췄다. 신혁돈 또한 숨을 멈춘 채 흔적을 살폈다.

'독이군.'

닿는 것을 모조리 녹이는 산성 독이 사방에 뿌려져 있었다.

"숨을 멈추고 뒤로 물러서."

네 명을 뒤로 물린 신혁돈은 앞으로 나서며 주변을 살폈다. 땅뿐만 아니라 주변의 나무까지도 연기를 뿜어대고 있었다.

주변의 모든 것을 충분히 살핀 신혁돈은 독의 범위를 벗어나 숨을 들이켰다.

"후……."

신혁돈이 돌아오자 네 사람의 시선이 집중되었다.

"산성 독이다."

산성 독은 차원문 내의 괴물들이 가진 독 중에서는 흔한 축에 속한다. 그런데도 신혁돈이 물러서라 한 이유가 있었다.

"연기까지 위험한 독입니까?"

"숨을 쉬는 것만으로 폐가 녹는다."

"맙소사."

윤태수는 소름이 돋는 것을 느끼며 신혁돈이 되돌아온 곳을 보았다.

"보스 몬스터가 독에 관한 패턴인 겁니까?"

"신체 강화 계열 패턴. 그중 강산성의 독을 지닌 패턴 몬스터로 일명 애시드 패턴."

붉은 차원문 C등급에서 나올 만한 패턴 몬스터가 아니었다. 보스 몬스터와 패턴이 겹쳐지며 등급이 올라간 듯했다.

지금 당장은 애시드 패턴의 보스 몬스터를 잡을 수 없다.

일단 물러서는 것이 상책.

아쉽다고 한 걸음 더 내디뎠다간 목숨을 잃을 수도 있었다.

포기하는 것이 아니다

삼 보 전진을 위한 일 보 후퇴였다.

자신을 다잡은 신혁돈이 말했다.

"차원문을 나간다."

"예?"

"정비 후 다시 돌아온다."

갑작스러운 결정에 윤태수의 얼굴에 당황이 서렸다.

지긋지긋한 차원문을 나선다는 기쁨보다 보스 몬스터를 한 발 앞두고 차원문을 나서는 아쉬움이 앞섰기 때문이다.

하지만 결정을 내린 것이 신혁돈.

지금 차원문을 나서게 되면 가장 아쉬운 것은 신혁돈일 것이다.

그가 이런 결정을 내렸다면 분명 이유가 있을 것.

그래도 아쉬운 마음이 드는 것은 어쩔 수가 없었다.

네 명이 뭉그적거리자 신혁돈이 말했다.

"형님이 나가신다는데 니들 뭐 하냐?"

네 사람은 대답하지 않고 서로를 바라보았다.

"아쉬워? 한두 달 여기서 굴려줄까?"

"아닙니다!"

그제야 네 사람이 빠릿빠릿하게 움직이기 시작했다.

차원문의 입구를 향해 걷는 동안 떨거지 셋은 레스팅 포인트마다 숨겨두었던 에르그 베어의 뼈와 손톱을 챙겼다.

에르그 베어의 뼈와 손톱은 매우 단단한데다가 가볍다. 게다가 에르그 에너지 또한 다량 함유하고 있고 에르그 에너지 전도율이 높아 꽤 가격이 나가는 편이다.

가져온 장비를 모두 버리고 챙겼음에도 가방이 넘칠 정도의 양이다.

윤태수와 떨거지들은 좀 전의 아쉽던 기분은 어디에 두었는지 금세 기뻐하며 차원문을 나섰다.

*   *   *

인천으로 돌아가는 차 안.

신혁돈은 눈을 감은 채 생각에 잠겨 있었다.

'운이 없군.'

하필 애시드 타입이라니.

다른 패턴이었다면 공격을 피하는 것으로 괜찮지만 애시드 패턴에게 무작정 달려들었다간 손을 뻗기도 전에 폐가 녹아 죽을 것이다.

과거에 애시드 패턴이 널리 알려지지 않은 때 유명 길드의 공격대 세 개가 전멸한 사건이 있었다.

거의 100명에 가까운 사람이 죽은 사건.

국력과 직결되는 각성자가 100명에 가깝게 사망한 사건이었다. 국가 기관이 곧바로 조사에 들어갔고, 조사 결과 애시드 패턴의 존재가 만천하에 알려졌다.

그 이후 애시드 패턴에 대한 연구가 이루어졌고, 애시드 패턴의 독을 차단하는 안티 애시드, 일명 AA방독면과 방독복이 판매되었다.

그와 동시에 애시드 타입은 아무것도 아닌 존재가 되었지만 그것은 미래의 일.

'AA방독면이 있을 리가 없다.'

신혁돈은 목을 벅벅 긁으며 기억을 더듬어보았지만 방독면의 제작 방법 따위를 기억하고 있을 리가 없었다.

그 모습을 지켜보던 윤태수가 물었다.

"어떻게 공략해야 할지 생각하고 계십니까?"

대답하는 것도 귀찮아 고개를 저으려는 순간,

'가만, 내가 왜 생각을 하고 있지?'

과거 신혁돈이 큰 그림을 던지면 윤태수는 밑그림을 포함해 모든 물감의 색과 밀도까지 정해 오는 능력자였다.

그런 이를 앞에 두고 굳이 내 머리로 고민할 필요가 있나.

"태수야."

"예, 형님."

"나무도 녹이는 강산성에 녹지 않는 게 뭐가 있을까?"

윤태수는 고민도 하지 않고 대답했다.

"금이 안 녹는다 한 거 같은데 말입니다."

그때, 노란머리가 불쑥 끼어들었다.

"형님, 제가 한 말씀 드려도 되겠습니까?"

신혁돈이 고개를 끄덕이자 노란머리가 윤태수를 바라보았

다. 윤태수까지도 고개를 끄덕이자 노란머리가 입을 열었다.

"염산은 H+이온을 다른 물질들에게 주어 물질을 분해시킵니다. 따라서 H+이온을 받지 않는 물질, 그러니까 금과 같은 물질……."

가만히 듣고 있던 신혁돈이 말을 끊었다.

"본론만."

"금도 녹습니다."

"그럼 안 녹는 건?"

"차원문 클리어를 향한 저희의 불타는 의지?"

"장난 치냐?"

"그게… 거기까지 생각할 시간이 없었습니다. 시간을……."

신혁돈이 윤태수에게 고개를 까닥였다.

그 순간 달리는 승합차의 옆문이 열리고 윤태수가 노란머리의 뒷목을 쥐었다.

그리고 신혁돈이 말했다.

"5."

신혁돈이 숫자를 셈과 동시에 윤태수가 노란머리의 머리를 차 밖으로 밀었다.

"으어… 으아아!"

"4… 3… 2……."

"유리! 유리!"

윤태수가 노란머리를 차 안으로 들여놓자 신혁돈이 문을 닫았다. 한순간에 십 년은 늙은 얼굴을 한 노란머리가 숨을 고르는 사이 신혁돈이 말했다.

"거봐. 하면 되잖아?"

숨을 고른 노란머리가 가슴에 손을 얹은 채로 말했다.

"…심장 멎을 뻔했습니다."

"설마 태수가 널 던졌겠어?"

노란머리가 윤태수를 바라보자 윤태수는 미소를 지었다.

전혀 신용이 가지 않는 얼굴.

노란머리는 한숨을 내쉬고서 말했다.

"장담할 순 없습니다만… 제 생각엔 유리가 답인 것 같습니다."

신혁돈의 눈에 이채가 돌았다.

"왜지?"

"돌이 늦게 녹고 있었습니다."

노란머리의 말에 신혁돈이 고개를 끄덕였다.

분명 그랬다.

"그래서?"

"정확히는 모르겠지만 산의 종류가 염산이나 황산이 아닐까 하는 생각이 듭니다. 유리를 녹이려면 불산이어야 하는데 바위가 녹는 속도를 보아 불산은 아닐 거라 생각합니다."

윤태수가 헛웃음을 흘렸다.

"너, 이 공돌이 새끼, 내가 대학 나온 새끼들을 이래서 좋아한다!"

"시도해 볼 가치가 있다."

물론 유리로 옷을 만드는 것이 쉬울 리가 없다. 게다가 전투에 필요할 정도로 유동성이 있는 옷이라면 두말할 것 없는 소리.

하지만 방법이 생겼다는 것만으로도 충분한 소득이었다.

"잘했다."

칭찬을 받은 노란머리가 실없는 미소를 흘리며 자리로 돌아갔다.

"근데 유리로 어떻게 옷을 만듭니까?"

"돈이면 다 돼."

신혁돈은 1초도 고민하지 않고 대답했다.

당연한 진리에 윤태수는 고개를 끄덕이고 말았다.

"숨은 어떻게 쉴 생각이십니까?"

"산소 호흡기. 요즘 좋은 거 많더라."

싸움에 필요한 시간은 10분 내외.

그 정도 양의 산소라면 휴대할 수 있는 크기가 될 것이다.

윤태수는 어이가 없다는 듯 웃음을 흘렸다.

"아니, 말은. 그래, 말은 됩니다만, 진짜 할 겁니까?"

"더 좋은 방법 있나?"

"…없긴 합니다만."

"그럼 작전이나 짜봐."

윤태수는 쯧 하는 소리를 내고선 시트에 몸을 기댔다.

잠시 후 눈을 뜬 윤태수가 물었다.

"근데 이거 돈은 됩니까?"

"최소 5억."

"그럼 저한테 40%… 2억입니까?"

어느새 6을 포기하고 4라도 챙기기로 마음먹은 윤태수였다. 신혁돈이 웃음을 흘리고선 대답했다.

"아니, 너한테 떨어지는 게 최소 5억이라고."

윤태수의 눈이 전에는 보지 못한 빛으로 반짝였다. 그 눈빛을 확인한 신혁돈은 마음을 놓고 카 시트를 뒤로 젖혔다. 윤태수의 눈빛이 저렇게 빛난 이상, 물건 공수는 시간문제였다.

*　　　*　　　*

인천에 도착한 신혁돈 일행은 곧바로 '마켓'으로 향했다.

차원문 내에서 얻은 어글리 베어의 뼈와 발톱들을 팔기 위해서였다. 마켓에 도착한 떨거지들이 물건을 처분하는 사이 신혁돈은 마켓을 둘러보았다.

정확한 이름은 헌터스 몰로 차원문에서 나온 부산물을 거래하고 아이템을 경매하는 장소였다.

　신혁돈이 걸음을 옮기자 윤태수가 그의 뒤를 따랐다.

　"얼마나 나올 것 같냐?"

　"부산물 말씀이십니까? 다해서 이삼천 나올 것 같습니다."

　역시 초창기.

　미래에는 돈을 받지도 못하는 물건들이 엄청난 가격에 거래되고 있었다. 특히 어글리 베어의 뼈와 같은 에르그 에너지 전도율이 높은 물건들은 높은 연구 가치로 인해 가격대가 높았다.

　신혁돈에게 떨어지는 돈은 천팔백가량.

　신혁돈이 마켓을 둘러보는 사이 거래를 마친 윤태수가 신혁돈의 계좌로 돈을 넣어주었다.

　사람들이 각성자를 꿈의 직업으로 꼽는 이유가 여기에 있었다.

　단 한 번 차원문을 다녀오는 것만으로도 어지간한 인턴 연봉이 나온다. 스마트폰으로 입금을 확인한 신혁돈이 말했다.

　"고기나 먹으러 가자."

　"형님이 쏘시는 겁니까?"

　"내가 왜?"

　너무도 당당한 물음에 윤태수는 눈알을 굴렸지만 마땅한 말이 생각나지 않았다. 그때 신혁돈이 말했다.

"네가 사라."

"제가 왜요?"

"네가 동생이잖아."

'당신은 형이잖아!'라는 말이 목 끝까지 올라왔지만 결국 뱉지 못한 윤태수는 고개를 끄덕이고 말았다.

*　　　*　　　*

다섯 사람이 탄 차가 정육 식당 앞에 멈췄다.

고개를 내밀어 간판을 본 신혁돈이 윤태수에게 말했다.

"이왕 사는 거 거하게 사지?"

"형님이 차 원문 클리어하시는 그날 거하게 사겠습니다."

"거하게. 기억한다."

윤태수는 거하게라는 단어를 곱씹으며 고깃집으로 들어갔다.

소고기와 소주를 주문한 뒤 앉아 있자 음식이 세팅되었다.

'맛있겠다.'

고기가 익는 냄새를 맡아도 별생각 없었는데 생고기를 보자마자 입안에 침이 가득 고였다. 신혁돈이 말없이 고기를 노려보고 있자 노란머리가 얼른 고기를 불에 올렸다.

치이익.

고기 익는 소리와 함께 하얀 연기가 올라왔다.

노란머리는 신혁돈의 시선이 배고픔 그 이상의 것이라고 생각하며 불을 키웠다. 고기 위로 육즙이 스멀스멀 올라오자 노란머리가 고기를 뒤집었다.

불그스름하던 표면이 노릇노릇하게 변해 있고, 기름이 올라와 반들반들 빛을 발하고 있다. 곧 고기가 적당히 익자 노란머리가 고기를 한입 크기로 잘랐다.

그때 신혁돈의 젓가락이 움직여 한 조각을 입안에 넣었다.

'이 맛이 아니야.'

무언가 모자라다.

고기가 익는 냄새 사이, 어디선가 향긋하면서도 미각을 자극하는 냄새가 올라오고 있다. 천천히 주변을 살피던 신혁돈의 눈이 익지 않은 생고기로 향했다.

신혁돈은 무언가에 홀린 듯 생고기를 집어 먹었다.

그 순간 신혁돈의 동공이 확장되었다.

'이 맛이다!'

느끼하지 않은 담백함, 그 와중에 느껴지는 탱탱한 육질과 입안을 가득 채우는 풍미.

맛있다!

신혁돈이 생고기를 음미하는 사이,

"맙소사. 형님, 그걸 왜 드십니까!"

"제가 더 빨리 굽겠습니다!"

"불만이 있으면 말로 하십쇼."

생고기 한 조각을 씹어 삼킨 신혁돈이 소주 한 잔을 입에 털어 넣고 말했다.

"야."

"예."

"나 식성이 바뀐 것 같다."

윤태수가 헛웃음을 흘리며 말했다.

"식성이 아니라 종족이 바뀐 것 같은데요. 보통 인간은 생고기를 날로 먹지 않습니다, 형님."

신혁돈은 윤태수의 말을 듣긴 했는지 붉은 생고기를 또다시 입에 넣고 씹었다.

네 사람은 고기가 타는 것도 인지하지 못한 채 그 모습을 지켜보고 있었다.

"저… TV 소리 좀 키워주세요!"

시끄러운 고깃집 안, 한 사내가 소리쳤다.

자연스레 몇몇 이들의 눈길이 TV로 향했고, 그중엔 신혁돈도 있었다.

"이번에 마이더스 길드가 세계에서 다섯 번째, 그리고 대한

민국 최초로 4등급을 받았다고 하는데요, 이 과정에서 한 명의 사상자도 없었다고 하네요. 이 기적의 주역이자 마이더스 길드 제2공격대장인 최태성 씨를 모시겠습니다."

박수 소리와 함께 최태성이 등장했다.

그와 동시에 신혁돈의 얼굴이 굳었다.

최태성.

자신에게 이득이 된다 싶으면 부모님까지 팔아 재낄 천하의 개새끼.

꼬꾸라진 최태성을 다시 일으켜 세운 뒤 길드장의 자리까지 올려준 양현복을 배신했으며, 그 사람이 가진 힘이 무서워 공공의 적으로 만든 뒤 죽였다.

신혁돈 또한 그 사실을 몰랐고, 알게 되었을 땐 이미 공공의 적이 되어 있는 상태였다.

'…지금은 즐겨라.'

지금은 최태성이 승승장구할 때였다.

물론 곧 꼬꾸라지고 양현복이 그를 다시 세울 것이다.

그리고 길드장이 되어 세상의 모든 것을 얻었다고 생각하는 순간 다시 나락으로 떨어뜨려 줄 것이다.

'편하게 죽진 못할 테니까.'

그사이 TV 속 최태성이 자리에 앉으며 토크쇼가 시작되었다.

"안녕하세요, 최태성 씨."

"예, 안녕하세요."

"와, 정말 대단하시네요. 4등급을 받기 위해서는 오렌지 홀 D등급 차원문을 클리어해야 하는 거죠?"

"비슷하지만 좀 다릅니다. 일반 각성자가 아닌 길드 4등급을 받으려면 길드 공격대만으로 D등급 차원문 세 개, 그것도 국가 기관에서 선정한 차원문을 클리어해야 하죠. 훨씬 어렵다고 볼 수 있습니다."

그 이후로 최태성에 대한 칭찬과 업적에 대해 이야기가 오갔다.

"저 사람, 대단하지 않습니까?"

고기를 굽던 노란머리가 말을 꺼냄과 동시에 윤태수가 대답했다.

"그렇지. 아직 서른도 안 됐는데 벌써 4등급이라니……."

두 사람은 최태성이 이룬 업적에 대해 말하며 그를 칭찬했다.

"저 배신자 새끼가 뭐가 대단하다고 난리야?"

"배신자요?"

"형님, 목소리가 큽니다."

신혁돈의 목소리가 컸다.

윤태수는 주변의 반응을 슬쩍 살핀 뒤 말했다.

시비가 걸리는 것이 무서운 게 아니었다.

신혁돈의 입에서 나오는 이상 거짓은 아닐 것.

그렇다면 이것은 정보다.

현재 대한민국에서 가장 잘나가는 최태성이 배신자라니.

가십거리는 물론이거니와 그가 속해 있는 마이더스의 이미지에도 심대한 타격을 줄 수 있는 정보였다.

정보란 아는 사람이 적을수록 가치가 있기에 목소리를 낮춰 달라 한 것이다.

하지만 윤태수의 말을 들을 신혁돈이 아니었다.

"그래. 저 쓰레기가 저 자리까지 올라가려고 몇 명을 죽인 줄 알아?"

신혁돈의 말이 끝나기가 무섭게 누군가 소리쳤다.

"어떤 새끼야?"

그와 동시에 얼굴이 발갛게 달아오른 사내가 벌떡 일어섰다.

사내는 신혁돈과 눈이 마주치자 신혁돈의 테이블로 걸어와 말했다.

"네가 감히 우리 공격대장님을 욕했냐?"

신혁돈이 헛웃음을 흘렸다.

"마이더스 소속이냐?"

"그렇다."

사내가 어깨를 폈다.

그도 그럴 것이, 마이더스는 대한민국 탑 3안에 드는 거대 길드.

아무리 말단이라 한들 고액의 연봉을 받는다.

"별 토마토 같은 새끼가 마이더스 소속이라네."

신혁돈의 농담에 윤태수가 킥킥거리고 웃었다.

순식간에 토마토가 된 사내, 안일호가 소리쳤다.

"나는 제2공격대다!"

신혁돈이 헛웃음을 흘렸다.

사내의 몸에서는 느껴지는 에르그 에너지는 1등급 중후반.

적어도 3~4등급은 되어야 들어갈 수 있는 제2공격대일 리 없었다.

제2공격대원이 온다 해도 신혁돈과 대등할까 말까 한 상황.

그 이하의 공격대라면 신경 쓸 필요도 없었다.

"그래? 그럼 토마토, 네가 더 잘 알겠군. 너희 제1공격대장인 이태호가 최태성한테 배신당해서 죽은 것 말이야."

"말도 안 되는 소리!"

"모르나? 그럼 이건 어때? 그의 동생이자 정보부 부장인 이태혁이 최태성에게 살해당한 건?"

안일호의 동공이 흔들렸다.

말단에 있는 그는 이태호나 이태혁이라는 사람의 이름도 모른다. 그저 최태성과 같은 마이더스 길드에 소속되어 있을 뿐, 사는 세계는 다르다고 봐도 무방할 정도이다.

"거짓말하지 마라!"

"거짓말은 토마토가 제2공격대원이라는 게 거짓말이고. 마이더스 소속이라는 것도 거짓말 아니야? 어떻게 정보부 부장과 제1공격대장 이름도 모를 수가 있지?"

신혁돈의 목소리에 윤태수와 떨거지들이 와자지껄 웃었다.

이태호와 이태혁은 아직 멀쩡히 살아 있다.

이태호는 제1공격대의 대장을 하고 있고 그의 동생인 이태호는 정보부의 부장을 맞고 있다.

물론 제1공격대 대장을 노리고 있는 최태성에게 배신당해 죽을 것이긴 하지만.

신혁돈은 거짓말이 아닌 예언을 했지만 귀담아듣는 사람은 아무도 없었다.

마이더스의 사정을 조금 알거나 각성자로서 살아가고 있는 사람이라면 저 둘의 이름을 모를 리 없기 때문이다.

하지만 윤태수는 달랐다.

신혁돈이 한 말을 모두 귀담아듣고 있었다.

"이 새끼, 죽고 싶냐!"

안 그래도 취기 때문에 붉던 얼굴이 폭발할 듯 달아올랐다. 그와 동시에 안일호가 앉아 있는 신혁돈의 멱살을 쥐었다.

신혁돈은 표정 하나 변하지 않은 채 안일호를 바라보았다.

"그리고 말이다."

신혁돈이 자신의 멱살을 쥐고 있는 안일호의 팔목을 세게 쥐었다.

"끄아아!"

엄청난 악력.

멱살을 쥐고 있던 손이 풀리고 안일호가 신혁돈의 앞으로 쓰러졌다.

순식간에 뒤바뀐 위아래.

"사람 멱살 함부로 잡는 거 아니다."

뚜둑!

"으아아악!"

안일호의 팔목이 기괴한 방향으로 돌아갔다.

"이 새끼가!"

그제야 안일호의 테이블에 있던 다섯 명이 우르르 일어나 신혁돈이 있는 테이블을 감쌌다. 그리곤 말했다.

"밖으로 나와, 이 새끼야."

"굳이 나갈 필요 있나?"

윤태수는 신혁돈의 말이 끝남과 동시에 그가 일어서는 것을 느꼈다.

"형님, 여기서 이러시면······."

말이 끝나기도 전에 신혁돈이 팔을 뻗었다.

빡!

단 한 방에 한 사내가 쓰러진 순간 네 번의 타격 음과 함께 다섯 사내가 쓰러졌다. 그리고 어느새 다시 자리에 앉은 신혁돈이 말했다.

"치워라."

그러자 고기를 먹고 있던 윤태수와 떨거지들이 일어서서 다섯 사내를 치우기 시작했다.

신혁돈은 그 모습을 보면서 생각에 잠겼다.

마이더스가 4등급을 달성했다.

곧 다른 길드들 또한 4등급을 달성할 것이고, 그때쯤 제일 빠른 길드는 5등급에 달성하기 위해 도전하고 있을 것이다.

'오렌지 홀 A등급도 얼마 남지 않았다.'

D등급의 차원문을 클리어한 이상 성장 속도는 더욱 빨라질 것이고, 얼마 지나지 않아 오렌지홀 A등급을 클리어할 것이다.

그리고 전 세계에 변화가 찾아올 것이다.

'화이트 홀.'

새하얀 차원문이 지구 각지에 나타나게 되고, 몬스터들이 지구를 침공하게 된다.

등급은 랜덤.

아주 약한 혼 고트 같은 몬스터부터 메두사나 발로그 같은 최상위 몬스터까지 마구잡이로 등장한다.

아무도 예측하지 못했기에 수많은 인명이 죽고 각성자들 또한 속수무책으로 쓰러지게 된다.

일명 몬스터 브레이크라 불리는 사건.

무엇보다 중요한 것은 화이트 홀을 클리어하면 2차 각성의 기회가 주어진다.

기회를 통해 각성하게 되면 '한계'가 사라진다.

즉 스킬의 끝인 A등급 이상의 등급이 나타나고 신체적 능력치의 끝인 100을 넘어선 성장이 가능해지는 것이다.

'이번엔 다르다.'

누구보다 빠르게 2차 각성을 이룰 것이다.

제3장

가이아의 목소리

고깃집 사건으로부터 사흘이 지난 날, 흥신소 사무실에 신혁돈과 네 사람이 모였다.

신혁돈은 소파에 누운 채 윤태수가 모아놓은 정보를 보고 있었다.

그간 밀린 사업을 정리하던 윤태수가 신혁돈에게 물었다.

"형님, 궁금한 게 있습니다."

"뭔데?"

"유리 갑옷으로 독에 대한 대비는 할 수 있다 쳐도 물리적인 공격은 못 막지 않습니까?"

"그렇지."

"어떻게 하려고 그러십니까?"

"안 맞으면 된다."

말로는 쉽다.

어떤 괴물을 상대하던 모든 공격을 피할 수 있다면 얼마나 좋겠는가.

그게 불가능하고 어떠한 변수가 있을지 모르니 치료 능력을 가진 각성자들이 엄청난 몸값을 받는 것이다.

윤태수는 할 말이 남은 듯 입을 오물거리다가 결국 다물었다.

자기가 안 맞을 자신이 있다는데 무슨 말을 더 하겠는가.

누운 채 파일을 넘기던 신혁돈이 똑바로 앉으며 물었다.

"유리 갑옷, 언제 온다고?"

"두 시간 정도 남았습니다."

"그래? 그럼 나 사우나 좀 갔다 오마."

"예, 형님."

신혁돈이 문을 열고 나서자 사무실은 정적에 휩싸였다. 2주일에 가까운 시간 동안 사무실을 비워 두었었기에 할 일이 많았기 때문이다.

"신혁돈 씨."

사우나 입구에 도착한 신혁돈은 자신의 이름이 들리자 뒤를 돌아보았다.

멀끔한 정장을 차려입은 사내가 신혁돈과 눈을 마주쳤다.

적당히 느껴지는 에르그 에너지, 그리고 절제된 몸동작.

'관리국이군.'

생각을 마친 신혁돈은 몸을 빙글 돌려 사우나가 있는 건물로 들어갔다.

"신혁돈 씨!"

이남정은 재빨리 건물로 따라 들어갔으나 신혁돈은 어느새 계산을 마치고 사우나에 입장하고 있었다.

졸지에 사우나에 들어가게 된 사내, 이남정 또한 계산을 마치고 신혁돈을 따라 사우나로 들어갔다.

남자 탈의실로 들어가자 신혁돈은 벌써 옷을 벗고 있었다.

"신혁돈 씨, 각성자 관리 기구 사건과 팀장 이남정입니다."

"예."

신혁돈은 이남정을 거들떠보지도 않고 대답했다.

저번 삶에서 얻은 교훈이 있다.

관리국과 엮여서 좋을 것 하나 없다는 것이다.

관리국은 각성자에 한해 모든 권한을 가지고 있는 기관이다.

입법과 사법, 심지어 행정까지 모든 권리가 한곳에 모여 있기에 그만큼 썩어 있었다.

거대 길드라면 한 발씩은 다 담그고 있고, 각성자를 돈으로 보는 권력자들 또한 한 발씩 담그고 있었다.

더러운 놈들이 더러운 생각으로 발을 담그고 있다.

'그러니 똥물이 될 수밖에.'

신혁돈은 이남정을 신경 쓰지 않고 속옷까지 훌훌 벗었다.

그 순간, 신혁돈을 바라보고 있던 이남정의 입이 벌어졌다.

"뭘 그렇게 봅니까? 부러워요?"

"아니… 그게 아닙니다만."

"그럼 그만 보시죠? 닳습니다."

"큼큼!"

이남정이 헛기침을 하는 사이 신혁돈은 온탕으로 들어갔다.

또다시 말할 타이밍을 놓친 이남정은 별수 없이 옷을 벗고 탕으로 들어가 신혁돈의 옆에 앉았다.

"뭔 말을 하려고 온 거 아닙니까?"

"아, 맞습니다."

말을 하기도 전에 목욕탕에 끌려 들어와 페이스를 빼앗겼다. 몇 번의 심호흡으로 제 페이스를 되찾은 이남정이 말문을 열었다.

"얼마 전에 마이더스 길드원들과 분란이 있으셨죠?"

"예."

"마이더스에서 길드원 폭행으로 신혁돈 씨를 고소했습니다."

신혁돈이 헛웃음을 흘렸다.

먼저 다가와 쌍욕을 한 것도 그쪽이고 멱살을 쥔 것도 그쪽이다.

"말 같지 않은 소리. 거기 CCTV 있을 거 아닙니까? 누가 먼저 시비를 걸었는지는 빤히 나올 텐데?"

"그건 그렇습니다만 신혁돈 씨가 먼저 최태성 공격대장을 욕했기에 사건의 단초를 제공했다는 의견이……."

"마이더스에서 나왔다?"

"아니, 저희 내부에서 나왔습니다."

'더러운 새끼들.'

조금이라도 이득을 취하려는 거대 길드의 입김이 죄다 닿아 있어서 조금만 들여다봐도 썩은 냄새가 풀풀 풍겼다.

일방적 폭행도 아니고 시비를 건 것도 그쪽이 먼저였다.

게다가 술 취한 놈들이 사람을 패려다 도리어 얻어맞은 것을 왜 신혁돈이 뒤집어써야 한단 말인가.

"언제부터 대한민국 법이 먼저 친 사람을 보호했습니까?"

"그… 다섯 명 중에 가장 덜 다친 사람이 전치 12주라서요."

"각성자란 새끼들이 그렇게 허약해서 어디다 쓴대?"

쯧 하고 혀를 찬 신혁돈이 자신의 어깨를 주무르는 사이 이남정이 말을 이었다.

"어쨌거나 그쪽에서 고소를 했는데 신혁돈 씨가 각성자로 등록되어 있질 않더군요. 그래서 찾아왔습니다."

"그게 끝은 아닐 것 같은데?"

"예?"

이남정이 신혁돈을 바라보았다.

"언제부터 관리국 팀장이 각성자들 싸움에 끼어들었답니까? 이런 일은 말단들이 하는 거 아닙니까?"

"신혁돈 씨가 각성자로 등록이 되어 있질 않아서……."

이남정이 말끝을 흐렸다.

사건이 접수되자 CCTV를 보고 신혁돈을 보았을 것이다.

각성자 다섯을 순식간에 때려눕히는 모습을.

'경솔했군.'

최태성의 이야기가 나와 흥분한 게 실수였다.

아직 신혁돈의 세력이 완벽히 자리 잡지 못한 상황.

벌써부터 여러 길드에 알려져서 좋을 것이 없었다.

신혁돈은 고개를 휘휘 저었다.

'긍정적으로 생각하자.'

오히려 지금 모습을 드러낸 것이 나을 수도 있었다.

자신에게 모든 이목을 집중시킨 뒤 뒤에서 세력을 키우는 게 나을 수도 있었다.

'한번 엎어줘야겠어.'

생각을 마친 신혁돈이 말했다.

"관리국으로 가면 됩니까?"

"아, 직접 와주시면 감사하죠."

"일이 있으니 3일쯤 뒤에 찾아가죠."

"알겠습니다."

말을 마친 신혁돈이 일어섰다.

                    *   *   *

"오……!"

갑옷, 그것도 유리로 된 갑옷을 본 신혁돈이 탄성을 흘렸다.

"이거 뭐라 하고 만들었냐?"

"취미라 했습니다."

신혁돈의 몬스터 폼에 맞추어 제작되었기 때문에 마치 유리로 만든 어글리 베어와 같은 모양새.

"디테일이 살아 있는데?"

3㎝ 두께의 유리로 만들었음에도 세심한 관절부가 눈에 띄었다. 유리 갑옷을 전체적으로 살펴본 신혁돈이 말했다.

"산소호흡기는?"

뒤쪽에 있던 노란머리가 마우스피스와 호스, 그리고 주먹만 한 기계를 들고 오며 말했다.

"이건 허리에 차고 이걸 물고 숨을 쉬면 됩니다. 가만히 있으면 30분, 격하게 움직이면 15분 정도 갑니다."

사용법을 숙지한 신혁돈이 윤태수에게 물었다.

"차는 준비했고?"

"예, 2.5톤 트럭 한 대 세워뒀습니다."

초창기 패턴 몬스터는 중요한 연구 재료가 된다. 게다가 패턴 보스 몬스터라면 더욱 큰돈이 된다.

신혁돈은 보스 몬스터의 시체를 전부 해체해서 가지고 나올 생각이기에 2.5톤 트럭을 준비시킨 것이다.

"운전할 줄 아는 애 있나?"

"예, 준영이가 대형 면허 있습니다."

고준영.

노란머리의 이름이다.

신혁돈이 만족스러운 듯 고개를 끄덕였다.

"준비하느라 고생했다."

두 사람의 어깨를 두들겨 준 신혁돈이 말했다.

"그럼 돈 벌러 가자."

"예, 형님."

유리 갑옷은 분해해서 차에 싣고 짐을 챙겼다. 무기와 장비는 두고 해체 도구와 손수레 등을 가득 채운 트럭이 패턴 차원문을 향해 출발했다.

　　　　　　*　　　　　*　　　　　*

　차원문 내에 들어서자 비가 오고 있었다.

　"비가 오는 건 처음 봅니다."

　좋다.

　산성 독이 비와 섞이면 제 위력을 발휘하기 힘들 것.

　"하늘이 돕는군."

　신혁돈과 윤태수가 이야기를 나누는 사이 세 떨거지가 유
리 갑옷이 실린 손수레를 끌고 들어왔다.

　비가 내린 지 꽤 되었는지 땅이 질었다. 질퍽거리는 숲을
바라보며 신혁돈이 말했다.

　"시작하지."

　윤태수가 패턴 차원문을 팔기 시작한 지 3개월.

　대한민국뿐만 아니라 전 세계에서 발견되기 시작했을 것이
고, 패턴 몬스터의 사냥이 시작되었을 것이다.

　하지만 그 속도는 빠르지 않았다.

　패턴 몬스터의 존재가 알려진 지 얼마 되지 않은 시점.

　거대 길드들은 높은 단계의 차원문을 공략하는 것도 중요
시하지만 자신들의 전력을 보존하는 것을 더 중요시한다.

높은 등급의 각성자는 길드의 힘을 뛰어넘은 나라의 힘이
나 마찬가지였고, 높은 등급의 각성자가 사망한다면 그 자리
를 메우기 위해서는 오랜 시간이 필요하기 때문이다.

때문에 모든 길드가 신중할 수밖에 없었고, 패턴 몬스터를
공략하기 위해 최소 몇 주에서 몇 달은 연구했다.

신혁돈이 기억하기로 첫 패턴 보스 몬스터 공략이 이루어
진 것은 최소한 3개월 후의 일.

그것도 패턴을 완벽히 파악하지 못해 수많은 희생자를 내
고서야 달성한 일이다.

하지만 신혁돈은 달랐다.

패턴을 보는 것만으로 어떤 패턴인지 예상할 수 있었고, 흔
적을 보는 것만으로 어떤 능력을 가졌는지 알 수 있었다.

이것이 정보의 위력.

그랬기에 신혁돈은 물러서지 않고 방법을 찾아낸 것이다.

'세계 최초일 가능성이 높다.'

보상 또한 어마어마할 것이다.

물론 그만큼 난이도 또한 높다.

단 한 번 스치는 것만으로 목숨을 잃을 수 있고, 신혁돈의
생각보다 강력한 한 수를 숨기고 있을 수도 있다.

하지만 신혁돈은 자신이 있었다.

'모든 생물에게는 약점이 있다.'

그 약점만 알고 있다면 어느 괴물이든 공략할 수 있다. 그리고 신혁돈은 수천, 수만 번의 전투로 다져진 자신의 전투 센스를 믿었다.

보스 몬스터를 찾는 것은 어렵지 않았다.

보스 몬스터와 차원석.

차원 내에서 가장 강대한 에르그 에너지를 가진 존재 둘이 한곳에 모여 있으니 감각이 이끄는 곳으로 향하면 된다.

얼마 걷지 않아 연기를 뿜는 나무와 바닥이 눈에 들어왔다.

"이곳에서 대기해라."

말을 마친 신혁돈은 장비를 풀고서 몬스터 폼으로 변신했다.

우두둑 하는 소리와 동시에 근육이 뒤틀리고 뼈가 자라났다. 몇 초가 지나지 않아 완벽한 어글리 베어의 모습을 한 신혁돈이 말했다.

"유리 갑옷."

"예, 형님."

네 사람은 고개를 끄덕이고서 유리 갑옷을 입히고 산소호흡기를 신혁돈의 입에 물려주었다.

마치 털 없는 곰에게 두꺼운 유리를 덕지덕지 발라놓은 듯한 모양새다. 걸을 때마다 유리가 갈리는 듯 사그락거리는 소리가 났다.

"다녀오마."

그르륵거리는 숨소리 섞인 말에 네 사람이 고개를 숙였다.

"무사히 다녀오십시오, 형님."

"오냐."

말을 마친 신혁돈이 산소호흡기를 물었다. 습기 가득한 숲의 탁한 공기 대신 맑은 산소가 폐부를 가득 채웠다.

깊게 심호흡을 한 신혁돈은 에르그 에너지가 가득 느껴지는 곳으로 발걸음을 옮겼다.

이마에서 찬란히 빛나고 있는 붉은 패턴.

그리고 5m는 될 법한 덩치.

입을 뚫고 나온 듯한 날카로운 이빨과 네 개의 팔.

게다가 네 개의 팔에 달린 손톱에서 떨어진 액체는 바닥에 닿음과 동시에 연기를 피워 올리며 땅을 녹이고 있었다.

패턴 보스 몬스터 포 암즈 어글리 베어였다.

"후욱……."

가까이 다가서기가 무섭게 유리 갑옷 사이로 드러난 피부가 따끔거렸다.

"그르르……."

굶주린 맹수의 울음과도 같은 소리를 흘린 신혁돈이 탄환처럼 쏟아졌다.

장기전으로 갈수록 불리해지는 쪽은 신혁돈이다.

'최대한 빨리 끝낸다.'

"쿠어어!"

신혁돈이 달려오는 것을 발견한 보스가 네 개의 팔을 휘둘렀다. 그 순간 초록색 액체가 신혁돈을 향해 뿌려졌다.

'모두 피할 순 없다.'

신혁돈은 몸을 최대한 웅크린 뒤 독액을 몸으로 받았다.

치이익!

물기 어린 유리 갑옷에 독액이 스치며 매캐한 연기를 뿜어올렸다. 유리 갑옷이 천천히 녹고 있다.

'이 정도면 버틸 만해.'

유리 갑옷은 비싼 돈을 들인 만큼의 역할을 해주었다. 쏟아지는 독액에 직격을 당하지만 않으면 어느 정도는 버텨줄 것같았다.

순식간에 보스의 공격권에 들어선 신혁돈은 네 개의 팔에서 쏟아지는 독액과 손톱을 피해냈다.

순간의 빈틈이 생긴 순간 신혁돈의 두꺼운 손톱이 보스 몬스터의 팔을 베었다.

촤앗!

붉은 피가 튀었다.

'얕다.'

과연 보스 몬스터.

어지간한 몬스터였다면 근육까지 끊어놓았을 공격이 피부가 베이는 것으로 끝났다.

강하다.

게다가 까다롭다.

쾅! 쾅! 쾅!

자신의 몸에 상처가 난 것에 분노한 보스 몬스터가 네 개의 팔을 미친 듯이 휘둘렀다. 그와 동시에 독액이 사방으로 비산했다.

'일격을 허용하는 순간 죽는다.'

손톱에 한 번이라도 스치면 온몸이 녹아내릴 것이고, 마구잡이로 휘두르는 네 개의 팔에 부딪쳤다간 시체도 건지지 못한다.

신혁돈은 최대한의 집중력을 발휘해 전에 없던 속도로 움직였다.

그 때문에 잠식 진행률이 미친 듯이 빠르게 올라가고 있었다.

[잠식 진행률 : 52%… 59%……]

쿠어어!

포 암즈 어글리 베어가 분노 섞인 포효를 내질렀다. 자신의 반도 안 되는 녀석이 자신의 공격을 피하며 상처를 입히고 있다.

게다가 모든 것이 녹는 자신의 독에도 꿈쩍도 하지 않는다.

'천천히.'

더욱 화가 나게 해야 한다.

그래야 빈틈을 파고들 수 있었다.

하지만 신혁돈은 조바심을 내지 않고 끝까지 인내했다. 억지로 기회를 만들려다 한 번의 실수라도 하는 순간 목숨을 잃을 수 있기 때문이다.

잠식의 진행률이 70%를 넘은 순간, 네 개의 손이 동시에 신혁돈을 덮쳤다.

'기회다!'

쾅!

네 개의 손이 바닥을 때리며 썩은 나뭇잎과 연기가 높이 피어올랐다.

순간 시야가 가려진 상황!

딱 한 번의 물러섬으로 공격을 피한 신혁돈이 보스 몬스터의 발톱을 내려쳤다.

쾅!

"꾸억!"

발톱이 부서지며 독액이 사방으로 비산했다.

치이이익!

순식간에 독액을 뒤집어쓴 신혁돈의 몸에서 연기가 피어올랐다.

내리는 비 덕에 독액이 씻겨 나가고는 있었지만 유리 갑옷은 금방이라도 부서질 듯 실금이 간 상태였다.

'한 번만 더.'

그때 난생처음 느껴보는 고통에 보스 몬스터의 눈에 공포가 서렸다.

자신이 사냥 당할지도 모른다는 공포!

순간적으로 보스 몬스터의 몸이 굳은 것을 발견한 신혁돈이 물러서던 것을 멈추고 앞으로 달려들었다.

그 순간 보스 몬스터와 신혁돈의 눈이 마주치며 포식자의 눈이 발동되었다. 그와 동시에 보스 몬스터의 몸이 굳었다.

'지금이다!'

신혁돈이 바닥에 떨어진 보스 몬스터의 발톱을 주워 들었다.

치이익!

아직까지도 산성 독이 잔뜩 묻어 있었기에 신혁돈의 손이 타들어갔다. 신혁돈은 개의치 않고 발톱을 든 채 도약했다.

"죽어라!"

신혁돈의 두꺼운 팔이 보스에 가슴에 틀어박혔다.

"쿠억!"

신혁돈은 거기서 멈추지 않고 팔을 뽑은 뒤 독이 묻은 발톱을 다시 한 번 쑤셔 넣었다.

발톱에는 유리까지 녹이는 강산이 발려 있다. 아무리 독을 쓰는 몬스터라지만 몸속까지 독에 대한 저항이 있을 리 없었다.

자신의 독에 당한 보스가 몸부림쳤다.

"콰우우!"

하지만 공격의 물꼬를 튼 신혁돈이 기회를 놓칠 리 없었다.

순식간에 가슴을 타고 오른 신혁돈은 어글리 베어의 신체 중 유일한 약점인 코를 후려쳤다.

쿠악!

쾅!

보스 몬스터가 코를 감싸며 뒤로 쓰러졌다.

[잠식 진행률 : 95%……]

[정신의 벗 효과 발동. 잠식이 저지됩니다.]

[잠식 진행률 : 88%……]

'정신의 벗!'

메시지를 본 순간 신혁돈이 몸을 날렸다.

'마지막이다.'

순식간에 포 암즈 어글리 베어의 머리에 도착한 신혁돈은 모든 힘을 다해 코를 내려쳤다.

쾅! 쾅! 쾅!

마치 바위로 바위를 내려치는 것과 같은 굉음이 울려 퍼졌다.

한 번 내려칠 때마다 보스 몬스터의 온몸이 들썩였다.

그리고 어느 순간,

거대한 에르그 코어가 보스 몬스터의 몸 위로 떠올랐다.

[잠식 진행률 : 97%… 98%…….]

"후욱… 후욱…….."

거친 숨을 몰아쉰 신혁돈이 몬스터 폼을 해제했다.

정신의 벗 효과가 아니었다면 잠식이 더욱 빨리 이루어졌을 것이고, 보스 몬스터를 잡기 전에 몬스터 폼을 해제해야 했을지도 모른다.

'그랬다면 죽었겠지.'

패턴 보스 몬스터의 공격 속도는 아무리 각성자라 해도 쉽게 따라갈 수 있는 속도가 아니었다.

'역시 이유가 있다.'

가이아의 시스템이 아이템과 스킬을 허투루 줄 리 없었다.

'정신 스킬에도 투자할 가치가 있겠군.'

호흡이 안정되자 신혁돈은 에르그 코어에 손을 올렸다. 그러자 에르그 코어가 꿈틀거리며 모습을 갖추기 시작했다.

'아이템인가.'

에르그 코어는 끊임없이 움직였고, 이내 거대한 검 한 자루를 만들어냈다.

독 거인의 쐐기[Rare]

—공격력 40.

—공격 적중 시 대상에게 상태 이상 '독'을 부여합니다.

—'독'은 상대의 체력을 초당 1%씩 소모시킵니다.

—대상과 상대의 능력치 차이에 따라 상태 이상에 걸릴 확률과 능력치의 하향 폭이 조절됩니다.

—다양한 종류의 독을 먹이는 것으로 성장이 가능합니다.

—성장 한계치 : 1.4배

아이템을 확인한 신혁돈의 입가에 미소가 번졌다.

무기가 필요 없는 신혁돈이 사용할 만한 것은 아니다. 게다가 신혁돈의 몬스터 폼은 40의 공격력 정도는 훌쩍 넘어서는 공격력을 가지고 있다.

하지만 각성자들이 선호하는 대검의 형태인데다 상태 이상, 거기다 성장형 무기이다. 높은 가격을 받을 수 있는 모든 요건을 충족한 상태.

'10억은 되겠어.'

아이템을 확인한 신혁돈은 네 사람을 부르기 전 에르그 기관을 꺼내 흡수했다.

그 어느 때보다 충만한 에르그 에너지가 신혁돈의 전신을 휘감았다.

"고생하셨습니다."

"수고 많으셨습니다."

에르그 기관 흡수를 마치자 네 사람이 멀리서 손수레를 끌고 나타났다.

"오냐."

"이야, 진짜 크네요."

"게다가 팔이 네 갭니다."

"아직까지 독이 흐르고 있네요. 방독면을 써야겠습니다."

네 사람은 방독면을 쓰고서 포 암즈 어글리 베어의 해체 작업에 들어갔다. 그 모습을 지켜보던 신혁돈은 차원석을 찾기 위해 움직였다.

멀지 않은 곳에서 차원석을 찾은 신혁돈은 한쪽 팔만 어글리 베어의 폼으로 변환시킨 뒤 차원석을 내려쳤다.

몇 번 내려치자 차원석이 파괴되며 거대한 에르그 코어가 떠올랐다.

신혁돈이 에르그 코어 흡수를 위해 손을 뻗은 순간 에르그 코어가 꿈틀거리며 변화를 시작했다.

'또 아이템인가.'

어쩌면 윤태수에게 약속한 5억보다 큰돈을 만질 수도 있겠다는 생각이 든 순간,

[전 세계 최초 패턴 보스 몬스터를 쓰러뜨리셨습니다.]
[믿을 수 없는 업적을 달성하셨습니다.]
[보상으로 '가이아의 목소리'가 지급됩니다.]

아이템이 완성되어 가는 모습을 보고 있던 신혁돈의 미간이 찌푸려졌다.

'가이아의 목소리?'

벌써 나올 리 없는 아이템이다.

적어도 화이트 홀 이후에야 지구상에 모습을 드러내는 아이템.

신혁돈의 의심에도 불구하고 석판은 모습을 갖추고 찬란히 빛나기 시작했다.

"…맙소사."

진짜 가이아의 목소리였다.

신혁돈은 자신의 눈으로 보는 것이 진짜인가 확인하기 위해 손을 뻗었다. 신혁돈의 손이 석판에 닿은 순간,

마신 그리드의 아래엔 9명의 마왕이 있다.

마왕은 각자 11개의 차원을 관리한다.

이들에게 도전하기 위해서는 시련을 이겨내야 한다.

개중 9번째 서열에 있는 마왕 아이가투스에게 도전하기 위해서는 11번의 시련을 이겨내야 한다.

그중 첫 번째 시련은 이렇다.

아이가투스의 첫 번째 차원을 홀로 이겨낼 것.

성별조차 모호한 목소리가 신혁돈의 머릿속에 울려 퍼졌다.

'히든 퀘스트!'

가이아의 목소리에는 수없이 많은 종류가 있다.

가이아가 만든 시스템에 대해 알려주는 목소리도 있고, 지금처럼 지구를 침공한 마신에 대한 정보를 주는 경우도 있었다.

개중 각성자들이 가장 바라는 것은 지금과 같은 정보, 즉 퀘스트였다.

　신혁돈의 머리가 빠르게 돌아갔다.

　생각한 것보다 엄청난 보상이었다. 문제는 너무 어마어마한 보상이라 지금 상황에서는 손을 대기가 힘들다는 것.

　신혁돈의 입가에 미소가 번졌다.

　'계획을 수정해야겠군.'

　벌써 가이아의 목소리가 나타났다.

　신혁돈이 처음이라고 한들 지금부터는 가이아의 목소리가 전 세계에 나올 것이라는 뜻이다.

　그와 동시에 차원문에 관한 수많은 것들이 알려지기 시작할 것이다.

　가이아의 시스템, 마신 그리드와 9마왕, 그리고 그들이 관리하는 차원에 관해서까지.

　'더더욱 빨리 움직여야겠어.'

　신혁돈이 알고 있는 미래가 변하고 있었다.

＊　　　　＊　　　　＊

　제 역할을 다한 가이아의 목소리는 빛을 잃고 바스러지기 시작했다. 가이아의 목소리가 전부 바스러진 순간 수많은 메시지가 떠올랐다.

[자신이 세운 위대한 업적을 갱신하였습니다.]
[특혜가 주어집니다.]
[보상을 선택해 주십시오.]

신혁돈에게는 보상의 메시지가 떠올랐다.
신혁돈이 보상을 확인하는 사이.

[충만한 에르그 에너지를 보유함으로써 각성자의 요건을 충족하셨습니다.]
[각성자가 되신 것을 축하드립니다.]

윤태수와 떨거지들에게는 꿈에 그리던 각성 메시지가 떠올랐다.

이번에도 보상은 세 가지였다.
스킬과 아이템, 그리고 에르그 에너지.
신혁돈은 고민할 것도 없이 스킬을 선택했다.

[사용자의 능력과 어울리는 스킬이 주어집니다.]

[스킬 '고통스러운 상처'를 획득하였습니다.]

고통스러운 상처[Rank F, Passive, Rare]

─대상에게 상처를 입은 상대는 10% 확률로 상태 이상 '고통스러운 상처'에 걸립니다.

─'고통스러운 상처'는 대상의 상처 회복 속도를 10% 늦춥니다.

─'고통스러운 상처'는 대상의 상처를 5% 확률로 5% 악화시킵니다.

─대상과 상대의 능력치 차이에 따라 상태 이상에 걸릴 확률과 능력치의 하향 폭이 조절됩니다.

신혁돈은 만족스러운 듯 고개를 끄덕였다.

고 등급 차원문은 화력만으로 클리어할 수 없다.

차원문의 등급이 올라갈수록 괴물의 상처 회복 속도가 빨라지기 때문이다. 그 예로 괴물 '트롤'의 경우에는 검으로 베어도 몇 초 안에 재생되어 버리기도 한다.

그렇기 때문에 디버퍼라 불리는 저주와 약화 계열 각성자들의 수요가 늘고 있는 상황. 디버프 계열의 스킬을 얻은 것은 충분히 만족스러운 일이었다.

포식[Rank E, Unique, Active]
포식자의 눈[Rank E, Rare, Active]

두 스킬의 랭크 또한 한 계단씩 올라 있었다.
남은 것은 어글리 베어.

[어글리 베어]
─어글리 베어의 육체(Rank A, Rare, Active)
─어글리 베어의 정신(Rank F, Rare, Passive)
분배 가능 포인트 : 31

패턴 보스 몬스터를 잡으며 10개의 포인트를 얻었다. 신혁
돈은 15개의 포인트를 투자해 F랭크이던 어글리 베어의 정신
을 A랭크로 만들었다.
그때.

[어글리 베어 스킬을 마스터하셨습니다. 남은 포인트로 스킬
을 진화시키시겠습니까?]

신혁돈이 어글리 베어를 잡아 포인트를 모아둔 이유가 여
기 있었다.

어글리 베어를 먹음으로써 쌓은 포인트는 다른 스킬에 적용시킬 수 없다.

대신 남는 포인트를 이용, 스킬을 '진화'시킬 수 있었다.

남은 포인트는 16.

육체와 정신에 반씩 나눠 스킬을 진화시켰다.

[진화된 어글리 베어]

—진화된 어글리 베어의 육체(Rank A+, Rare+, Active)

진화를 통해 더욱 정교한 몬스터 폼이 가능해집니다.

—진화된 어글리 베어의 정신(Rank A+, Rare+, Passive)

진화를 통해 더욱 견고한 정신을 얻게 됩니다.

'유니크 등급이지만 이것까지 다르진 않군.'

저번 삶과 같은 진화가 이루어졌다. 스킬 랭크와 등급에 플러스가 붙었고 더욱 자세한 설명이 추가되었다.

'다양한 패턴이라……'

신혁돈은 바로 몬스터 폼을 사용해 보았다.

'느낌이 달라.'

전에는 괴물의 힘에 먹히는 듯한 느낌과 함께 몬스터 폼이 이루어졌다.

하지만 이제는 심장에서 시작된 기운이 온몸으로 퍼져 나가 서서히 변화가 되는 것을 느낄 수 있었다.

신혁돈은 외형의 변화가 시작되기 직전 스킬의 사용을 멈추었다.

겉은 인간이지만 속은 어글리 베어.

신혁돈이 주먹을 휘둘러 보았다.

후웅!

완벽히 몬스터 폼으로 변신했을 때의 50% 정도의 힘을 낼 수 있었다.

'마음에 드는군.'

자신의 능력을 드러내지 않은 채 힘을 발휘할 수 있다는 점이 매력적이었다. 앞으로는 괴물뿐만 아니라 인간까지도 상대해야 한다.

최대한 힘을 숨기는 것이 관건인 상황에 몬스터 폼으로 변하지 않은 채 어글리 베어의 힘을 사용할 수 있다는 것은 엄청난 메리트다.

신혁돈이 스킬을 확인하고 있는 사이 네 명에게서 환호성이 들려왔다.

"만세! 각성이다!"

"이제 우리도 각성자야!"

기뻐하던 네 사람이 신혁돈을 보고 달려와 말했다.

"형님, 감사합니다!"

"평생 충성하겠습니다!"

눈빛만으로는 볏짚을 지고 불로 뛰어들래도 말을 들을 것 같았다. 신혁돈은 손을 휘휘 저으며 말했다.

"됐고, 얻은 스킬 있냐?"

"예!"

네 사람이 줄줄이 얻은 스킬을 읊었다.

대부분이 탐색이나 기척을 숨기는 은신 계열의 스킬을 얻었다. 신혁돈을 따라다니며 한 것이 그것밖에 없으니 당연한 일이기도 했다.

"메이지 계열은 없지?"

정신없이 스킬창과 상태창을 살피던 네 명이 고개를 끄덕였다.

"아깝군."

밀리 계열의 각성자들이 넘쳐나는 데 반해 메이지 계열의 각성자는 귀중한 자원이다.

원거리에서 마법과 주술을 퍼붓고 상처를 치료하기도 하며 악화시키기도 하는 전투에 변수를 만드는 이들.

아쉽긴 했지만 괜찮았다.

'백종화는 뭐 하고 있으려나.'

백종화를 생각하자 자연스럽게 웃음이 났다.

한 마디로 정의하자면 미친놈.

무엇 하나에 빠지면 끝을 볼 때까지 집중한다.

사람이든 학문이든 스킬이든 상관하지 않고 모든 것을 알아야 직성이 풀리는 놈.

'그래서 검을 들고 있었지.'

각성을 한 백종화는 살기 위해 검을 들었고, 지금 이 순간에도 자신이 메이지 계열이라고는 상상도 하지 못한 채 검의 끝을 보기 위해 매진하고 있을 것이다.

한바탕 난리가 끝나고 패턴 보스 몬스터의 사체 정리까지 끝나자 일행은 인천의 사무실로 돌아왔다.

"저희는 바로 마켓으로 가겠습니다."

"그래, 판매되면 바로 입금하고."

"알겠습니다. 고생하십쇼."

신혁돈을 내려준 승합차 뒤로 2.5톤 트럭을 몰고 가던 노란 머리 고준영이 신혁돈에게 고개를 꾸벅 숙여 인사했다.

늦은 밤이었지만 마켓에 밤은 없었다. 차원문을 클리어하고 나오는 이들이 시간을 맞춰 나오는 것이 아니었고, 좋은 물건이 꼭 낮에만 나오라는 법이 없기 때문이다.

그 덕에 편한 것은 각성자들이었다.

언제든 마켓에 물건만 가져가면 사줄 사람이 천지에 널려 있었으니까.

차가 멀어지는 것을 본 신혁돈은 짝다리를 하고 섰다.

'관리국부터 해결해야지.'

사우나에서 한숨 자고 관리국으로 향하면 딱 맞을 것 같았다.

신혁돈은 핸드폰을 꺼내 이남정에게 메시지를 보냈다.

─내일 아침에 가겠습니다.

사흘 뒤에 간다고 말하긴 했으나 무슨 상관인가.

아쉬운 건 그쪽인데.

신혁돈은 가벼운 발걸음으로 사우나로 향했다.

＊　　　　＊　　　　＊

사람을 처음 만날 때 가장 중요한 것은 첫인상이다.

얼굴은 어떤지, 무슨 옷을 어떻게 입고 있는지 등이 종합되어 보이는 것으로 사람을 판단하기 때문이다.

그리고 판단에 따라 사람을 대하는 것이 달라진다.

고급스러운 양복과 구두, 그리고 번쩍이는 시계와 정돈된 헤어스타일.

여기에 얼핏 보아도 유약하게 생긴 얼굴을 더하면 신혁돈이 싫어하는 스타일이 완성된다.

'멸치 같군.'

별다른 이유는 없었다.

그저 멸치 같은 몸과 기생오라비 같은 얼굴을 싫어할 뿐이다.

그 순간 멸치와 신혁돈의 눈이 마주쳤다.

그리고 멸치가 신혁돈에게 걸어오며 말했다.

"신혁돈 씨."

신혁돈의 미간이 팍 찌푸려졌다.

'이젠 개나 소나 다 날 아네.'

과거로 돌아온 이후 거대 길드나 정부 기관의 눈에 띄게 큰 일을 벌인 것은 없었다.

그렇다고 패턴 차원문의 대한 정보가 팔려나갔을 리도 없다.

'그럼 뭐지?'

신혁돈이 고민하는 사이 어느새 바로 앞까지 다가온 사내가 손을 내밀며 말했다.

"안녕하십니까. 더 가드 소속 스카우터 간수호입니다."

더 가드.

레드 홀에서 신혁돈에게 100만 원을 뜯긴 스카우터 또한 더 가드 소속이라 했다. 얼추 상관관계를 깨달은 신혁돈이 말했다.

"나를 어떻게 찾은 겁니까?"

멸치의 눈이 거리에 달린 CCTV로 향했다.

"저놈의 CCTV는 개나 소나 볼 수 있답니까?"

"더 가드가 개나 소는 아니죠."

멸치는 더 가드의 대한 자부심이 가득 담긴 표정으로 되받아쳤다. 신혁돈은 혀를 차고서 말했다.

"무슨 일입니까?"

"이번에 안 좋은 일이 있으셨다고 들었는데요."

신혁돈이 다시 한 번 혀를 찼다.

거대 길드, 혹은 힘이 좀 있다 싶은 집단 놈들은 왜 말을 이따위로 하는지 이해가 되질 않았다.

그냥 본론만 말하면 어디 덧난단 말인가?

물론 본론만 말한다 해도 들을 생각이 없는 건 마찬가지지만.

"그런 일 없습니다."

멸치는 여전히 미소를 지은 채 말했다.

"좋습니다. 마이더스와 문제가 있었고 관리국으로 호출을 받으셨다 들었습니다. 그래서……."

"어디서 들었습니까?"

신혁돈의 도발에도 별다른 반응을 보이지 않았다. 즉 신혁돈에게 원하는 것이 있어서 나왔다는 뜻. 게다가 마이더스를 언급하며 신혁돈이 궁지에 몰려 있는 것을 강조하고 있었다.

'낚아채려고 왔구만.'

신혁돈을 더 가드에 영입시키기 위해 온 것이다.

마이더스의 손길에서 보호해 줄 테니 더 가드에 충성해라, 이런 말을 하겠지. 머릿속으로 계산을 마친 신혁돈은 속으로 웃음을 흘렸다.

'재밌네.'

그사이 멸치가 말을 받았다.

"그건 기밀이라 말씀드릴 수 없습니다. 하던 얘기 마저 드리자면……."

신혁돈이 또다시 말을 끊었다.

"저녁 드셨습니까?"

"…예?"

"말 길게 할 거 같은데 밥이나 먹죠."

"…예."

간수호는 부글부글 끓는 속을 최대한 삭이며 신혁돈의 뒤를 따랐다.

'뭐 이런 놈이 다 있지?'

후줄근한 싸구려 트레이닝복과 운동화를 입은 채 껄렁거리고 서 있는 모습부터가 마음에 안 들었다.

레드 홀 스카우터의 말에 따르면 각성을 한 지 2주가 채 안됐다. 그런데 더 가드의 스카우터라는 말을 듣고도 안색 하나 변하지 않는다.

게다가 말을 툭툭 끊어먹고 있다.

마음에 드는 부분이 하나도 없었다.

'명령만 아니었어도……'

마음 같아서는 때려치우고 길드로 돌아가고 싶었지만 윗선에서, 그것도 꽤나 높은 윗선에서 내려온 명령이다.

때려치우려면 명령과 함께 길드를 때려치워야 하는 상황.

간수호는 심호흡을 했다.

그래도 다행이다.

밥을 먹자 하는 것은 접대를 허락하는 것이나 마찬가지였고, 비벼볼 언덕이 생기는 것이니까.

그때 신혁돈이 순댓국집으로 들어갔다.

'…순댓국?'

방금까지 생각하던 것이 모두 박살 났다.

간수호의 표정을 본 신혁돈이 말했다.

"순댓국 못 드십니까?"

"그건 아닙니다만……."

"그럼 들어오시죠. 춥습니다."

말을 마친 신혁돈은 구석자리에 앉으며 말했다.

"이모, 여기 수육 많이 넣은 순댓국 하나요!"

간수호는 메뉴판을 바라보았다.

'수육 세트……'

가장 비싼 메뉴가 3만 원이다.

난생처음 수육으로 접대를 하게 생긴 간수호가 고민에 빠졌다. 그사이 순댓국이 나오고, 신혁돈은 순댓국을 마시듯이 먹기 시작했다.

'맛있게도 먹네.'

간수호는 고민하던 것도 잊고 신혁돈이 순댓국을 먹는 모습을 보고 있었다.

펄펄 끓는 허연 국물에 다대기도, 다른 조미료도 없이 밥을 퍼 넣는다. 그리곤 몇 번 휘적거리더니 한 숟갈을 떴다.

뽀얀 국물과 밥, 수육이 한 숟갈에 떠서 두어 번 불어 식히더니 입을 크게 벌려 한 입에 집어넣는다.

허, 허 하며 뜨건 숨을 뱉고선 무 섞박지를 한입 깨문다.

쩝쩝거리는 소리가 추잡하기는커녕 식욕을 자극하는 애피타이저로 느껴졌다.

'꿀꺽.'

간수호는 자신도 모르게 침을 삼켰다.

"밥 먹는 거 처음 봅니까?"

"아, 아뇨."

이대로는 죽도 밥도 안 되겠다 생각한 간수호가 뭐라도 시키기 위해 벨을 누른 순간,

"아저씨."

"예? 예."

아저씨가 자신을 부르는 것이라는 걸 깨달은 멸치가 고개를 끄덕였다.

"위에서 저 데려오랍니까?"

"그건… 마이더스의 더러운 수작을 알게 된 더 가드는 신혁돈 씨를 보호하고자 하는 차원에서……."

"됐고, 갈 생각 없습니다. 지금도, 앞으로도."

신혁돈과 눈이 마주친 간수호가 고개를 숙였다.

주도권을 완벽히 빼앗겼다. 게다가 자신이 온 목적까지 꿰뚫고 있다.

더 가드에서 스카우터를 맡은 뒤 처음 있는 일이다.

간수호가 대답하지 못하는 사이 국물까지 싹 마신 신혁돈이 말했다.

"제 건 제가 계산하고 가겠습니다."

간수호는 멀어지는 신혁돈의 뒷모습을 보곤 혀를 찼다.

'멍청했다.'

무슨 말조차 하지 못했다.

겉모습만 보고 무지렁이라 판단한 자신의 판단이 멍청했음을 깨달았다.

차라리 눈을 보고 판단했더라면 훨씬 나았을 것이다.

'초보자의 눈이 아니야.'

적어도 이 바닥에서 십수 년은 굴러먹은 오래된 사냥꾼의 눈이었다.

'무조건 잡는다.'

윗선의 말이 이해가 되었다.

홀로 남은 간수호가 다짐을 굳히던 그때,

순댓국집 종업원이 다가왔다.

"벨 누르셨나요?"

간수호의 눈이 신혁돈이 남긴 빈 그릇으로 향했다.

'순댓국이라……'

"예, 순댓국 하나 주십쇼. 고기 많이."

제4장
라이벌

다음 날 아침.

신혁돈은 미래흥신소에 들어섰다.

밤을 새운 것인지 기미가 턱 끝까지 내려온 노란머리가 신
혁돈을 보고 인사했다.

"형님, 좋은 아침입니다."

"넌 별로 안 좋아 보이는데?"

"굉장히 좋습니다."

노란머리가 말을 하면서 자신의 모니터를 가리켰다. 다가가
서 보자 어글리 베어 차원문에서 보스 몬스터를 잡고 얻던 대

검, 독거인의 쐐기 경매 현황이 나오고 있었다.

현재 가격은 7억.

"10억까진 가겠네."

"예, 쭉쭉 올라가고 있습니다. 아, 그리고……."

노란머리가 파일 철을 꺼내서 신혁돈에게 건넸다. 신혁돈은 주머니에 넣은 손을 빼지도 않은 채 물었다.

"뭔데?"

"어… 태수 형님이 드리라고 했습니다. 저도 잘……."

그때 윤태수가 말했다.

"그거 포 암즈 어글리 베어 부위당 가격표, 뭐 그런 겁니다."

"총액은?"

"4억 나왔습니다."

생각보다 적은 액수에 신혁돈의 미간이 찌푸려졌다.

신혁돈은 귀찮음을 참고 파일을 열어보았다.

부위별 가격과 특수 부위에 대한 가격, 연구 자료로서의 가치 등이 나와 있었다. 쓱쓱 넘기며 살피던 신혁돈이 말했다.

"독액 기관."

신혁돈의 말이 끝난 순간 윤태수의 낯빛이 어두워졌다. 금세 원래의 색을 되찾았지만 신혁돈의 눈을 속일 수는 없었다.

"삥땅치면 죽는다."

그제야 윤태수가 파일 하나를 더 꺼내며 말했다.

"아, 그걸 빼먹었네요."

신혁돈은 그 파일을 받아보았다.

그제야 신혁돈이 만족스러운 미소를 지었다.

"총액 5억 8천."

"예, 제가 깜빡했습니다."

윤태수는 눈 하나 깜짝하지 않고 거짓말을 했다.

정보 길드를 운영하는 것은 돈으로 시작해서 돈으로 끝난다. 물론 정보 길드뿐만 아니라 다른 것들도 마찬가지.

그렇기에 이해해 줄 수 있는 부분이지만 신혁돈은 자신에게 거짓말을 한 것을 그냥 넘어갈 생각이 없었다.

"7 대 3."

윤태수가 이를 악물었다.

'…망했다.'

걸릴 것이라 생각하지 못한 것은 아니다. 하지만 파일을 보자마자 알 것이라고는 생각하지 못했다.

일종의 시험이었다.

신혁돈이 과연 정보에 대해 얼마나 알고 있는지.

무력만 잔뜩 찍은 장비일지, 지력까지 겸비한 조조일지 알아내 자신이 믿고 따를 수 있을 것인가에 대한 시험.

신혁돈은 자료를 슥 훑는 것만으로 그것을 통과해 버린 것이다.

윤태수가 고개를 숙이고 있는 사이 신혁돈이 다시 물었다.

"싫어?"

"···알겠습니다."

졸지에 자신의 몫 10%를 잃은 윤태수는 신혁돈이 바로 눈앞에 있어 표정조차 구기지 못한 채 키보드를 두드릴 뿐이었다.

상황이 어떻게 돌아가는지 모른 채 두 사람의 대화를 지켜보던 노란머리가 말했다.

"독거인의 쐐기, 10억 달성했습니다."

"와아!"

떨거지 셋이 환호하는 사이 신혁돈이 윤태수에게 말했다.

"6 대 4 하고 싶지?"

"···예."

"더 가드, 그리고 마이더스."

윤태수의 눈이 빛났다.

양대산맥이라 불러도 흠이 없을 두 길드의 이름.

각성자에 대한 정보를 관리하고 있는 만큼 숫하게 들어온 길드의 이름이다. 어지간한 정보는 모두 보유하고 있는 상태.

실추된 이미지를 복구할 수 있는 기회였다.

"걔네가 보유하고 있는 아이템 목록 좀 알아봐라."

더 가드와 마이더스.

둘 다 신혁돈을 노리고 있다.

신혁돈의 의지는 중요하지 않았다.

라이벌이라 부를 만한 두 길드가 붙은 이상 경쟁은 과열될 것이고, 어떻게든 신혁돈을 데려가려고 용을 쓸 것이다.

먼저 움직인 쪽은 마이더스였으나 더 적극적으로 움직인 쪽은 더 가드.

산혁돈이 거절했다고 포기할 집단이 아니었다.

나쁠 것은 없다.

신혁돈은 자신을 두고 자존심 싸움을 하는 두 거대 길드 사이에서 떨어지는 떡고물이나 받아먹으면 되는 것이다.

신혁돈의 말을 들은 윤태수가 눈동자를 굴렸다.

"개네, 보안 빡빡한 거 아시지 않습니까."

"그래서 못해?"

"그건 아닌데, 얘들 위험수당도 좀 챙겨줘야 되고… 시간도 좀 걸릴 거 같다 뭐 이런 겁니다."

"천천히 알아봐도 되니까 최대한 자세히 알아봐라. 계속 보고하고."

"예."

"마음에 안 들면 8 대 2다."

"그런 게 어디 있습니까."

윤태수가 억울한 듯 말했지만 신혁돈은 눈도 깜빡하지 않고 말했다.

"9 대 1 할래?"

"…제 한 몸, 장작 삼아 불태워 보겠습니다."

그제야 신혁돈이 웃음을 흘렸다.

*   *   *

신혁돈은 윤태수의 사무실에서 나와 택시를 잡으려 섰다.

그때 앞에 있던 차 문이 열리며 멸치 간수호가 내렸다.

"좋은 아침입니다."

간수호는 얼굴 가득 미소를 띤 채 신혁돈의 곁으로 다가왔다.

"…뭡니까?"

신혁돈이 멸치를 바라보았다.

웃는 서글서글한 눈과 모아 쥔 손. 어제와는 태도가 달라져 있었다.

곧 찾아올 것이라는 것을 예상은 하고 있었다.

하지만 이렇게 빠를 것이라곤 생각하지 못했다.

멸치가 대답을 하지 않자 신혁돈이 말을 이었다.

"위에서 깝니까? 나 데려오라고?"

"제 애마를 걸고 아닙니다."

멸치가 자신의 차를 가리키며 말했다. 거짓말을 하는 눈치는 아니다.

"그럼 뭡니까?"

"어제 신혁돈 씨가 돌아가고 나서 혼자 순댓국을 먹는데 '아, 저 사람은 절대 놓치면 안 되겠구나' 하는 생각이 들어서 말입니다."

신혁돈의 미간이 찌푸려졌다.

"제정신입니까?"

"지극히 제정신입니다. 그런데 어쩌겠습니까. 제 뻴이 이미 신혁돈 씨를 놓치면 안 된다 하고 있는데."

"그래서?"

"어떻게 하면 혁돈 씨를 더 가드로 모시고 올 수 있겠습니까?"

오늘 아침 신혁돈이 윤태수에게 더 가드와 마이더스의 아이템에 대해 조사시킨 이유가 여기에 있었다.

물론 그들이 보기에 신혁돈은 그렇게까지 탐스러운 열매는 아닐 수 있었다.

문제는 자존심.

라이벌에게 눈독들인 것을 빼앗기기 싫다는 것이 그들에게는 문제였다.

한쪽에서는 신혁돈을 압박해서 데려가려 하고, 다른 쪽에서는 신혁돈을 무조건 회유하려 한다.

'이렇게 빨리 올 줄은 몰랐는데.'

최소한 마이더스와 담판을 지은 뒤에야 올 것이라 생각했다.

신혁돈이 멸치를 바라보았다.

'관리국에 데려가 볼까.'

신혁돈이 원하는 그림은 마이더스와 더 가드가 자신을 두고 경쟁하는 것.

어느 한쪽에 들어가지 않더라도 둘이 경쟁하는 사이 신혁돈에게는 콩고물이 떨어질 것이다.

게다가 직접 나서서 마이더스와의 분쟁을 해결하지 않더라도 더 가드에서 알아서 해결할 것이다.

'그림 좋네.'

과연 마이더스가 어떻게 나올 것인가.

밑그림이 마음에 든 신혁돈이 만족스러운 미소를 지으며 말했다.

"식사는 하셨습니까?"

"아뇨, 아직입니다. 제가 어제 알아봤는데 근처에 괜찮은 집이 있더군요. 거기로 가실까요?"

"그냥 어제 갔던 대로 갑시다."

이 관계에서 가장 이득을 볼 사람은 신혁돈이다.

마이더스와 더 가드는 라이벌 관계.

한쪽이 양보할 리 없는 싸움이고 신혁돈을 데려가기 위해

별짓을 다 할 것이다.

더 가드 스카우터의 차를 타고 나타난 신혁돈을 본 마이더스 쪽의 표정이 어떨까.

생각하는 것만으로도 웃음이 나왔다.

'재미있겠어.'

*   *   *

각성자 관리 기구, 일명 관리국.

모든 각성자를 국가의 휘하에 두고 관리하겠다는 목적으로 세워진 기관으로서 설립 당시부터 한가락 한다는 정치인들과 거대 길드들의 입김이 가득 들어간 기관이다.

세워진 목적부터가 불순하니 제대로 돌아갈 리가 있겠는가.

인사 부분은 낙하산이 99%였고, 말단 직원보다 대리, 팀장 같은 관리직이 많은 역삼각형의 구조였다.

당장에라도 무너져야 당연한 기관이 버티는 이유는 간단했다.

돈과 백.

거대 길드들과 정치인이 자신의 입맛대로 각성자에 관한 법안을 조절하고 그들을 통솔할 수 있는 기관을 유지하는 것은 당연했다.

'더러운 너구리 새끼들.'

어지간한 각성자라면 모두 알고 있는 사실이지만 자신에게
튈 불똥이 무서워 아무런 말도 하지 못했다.

일단 법이라는 것이 개입되기 시작하면 보통 사람들은 겁
을 먹게 마련이다.

각성자라고 다를 것 없다.

일반인들 사이에서나 특별한 것이지 각성자들 무리에 끼면
각성자 또한 한 사람일 뿐이니까.

그들이 보기에 신혁돈은 먹기 좋은 먹잇감이었다.

막 각성을 한 뒤 자신의 힘을 주체 못하고 여기저기 사고를
치고 다니는 천둥벌거숭이. 게다가 자신의 행동으로 인해 다
섯 명이나 되는 사람이 병원에 입원한 상황이다.

그런 와중에 관리국과 마이더스의 높은 사람이 나와 당근
과 채찍을 건네면 어지간한 사람은 당근을 선택하게 마련.

거기에 더 가드가 끼어든다면?

아름다운 그림이 완성된다.

*   *   *

관리국의 넓은 회의실.

이남정과 마이더스의 스카우터 고정훈이 유리창을 통해 주

차장을 바라보고 있다.

"언제 온다 했다구요?"

"아마 곧 올 겁니다."

타고 오는 차를 통해 그 사람의 재력 수준을 파악할 수 있다. 신혁돈이 무엇을 타고 등장하느냐에 따라 고정훈이 그를 대하는 것이 달라질 것이다.

그때, 주차장으로 잘빠진 세단 한 대가 들어왔다.

그리곤 젊은 남자 둘이 내렸다.

"저 사람입니까?"

"예, 조수석에서 내린 덩치 큰 사람입니다. 그런데… 옆에는 누군지를 모르겠네요."

커피를 마시며 창밖을 바라보던 고정훈의 미간이 찌푸려졌다.

"저거 간수호 아닙니까?"

"누구요?"

"더 가드 스카우터. 저 새끼가 왜 저기에……."

신혁돈이 앞장서서 걷고 간수호가 그의 뒤를 따르고 있다. 마치 수행원 같은 모습에 고정훈이 들고 있던 종이컵이 찌그러졌다.

"뭐가 어떻게 된 거야?"

       *   *   *

"마이더스 소속 스카우터 고정훈입니다."

"더 가드 소속 스카우터 간수호입니다."

"관리국 사건과 팀장 이남정입니다."

"신혁돈입니다."

네 사람의 인사가 끝나기가 무섭게 수많은 시선이 오갔다.

특히 고정훈의 눈이 제일 바쁘게 움직였다.

간수호와 신혁돈은 무슨 관계인지, 이남정은 왜 이 사실을 모르고 있었는지, 간수호는 도대체 무슨 생각으로 이 자리에 낀 것인지.

"반갑습니다."

신혁돈이 인사를 하자 그제야 고정훈의 눈이 신혁돈에게 고정되었다.

"예."

그리고 정적.

이 자리는 마이더스가 신혁돈을 고소해서 생긴 자리이다.

어떤 배상을 원하고 어떤 처벌을 원하느냐에 따라 대화로 풀지, 관리국 법정으로 갈지에 대해 정하는 자리였다.

주도권 자체가 마이더스에게 있다는 뜻이다.

신혁돈은 그렇게 흘러가게 둘 생각이 없었다.

"원하는 게 뭡니까?"

중간 과정을 모두 잘라먹은 신혁돈의 질문에 고정훈의 미간이 찌푸려졌다. 그에 반해 간수호는 흥미롭다는 표정으로 신혁돈을 바라보았다.

"원하는 거라… 배상이죠."

"그쪽에서 먼저 시비를 걸고 먼저 멱살을 쥔 것에 대해 정당방위로 했는데도 제가 배상을 해야 하는 겁니까?"

"다친 것은 우리 쪽이니까요. 게다가 전치 12주입니다."

그때 신혁돈이 간수호를 바라보았다.

자신의 입장과 마이더스의 입장을 말함으로써 물꼬를 터주었다.

이제는 간수호의 능력을 볼 차례.

눈치를 챈 간수호가 입을 열었다.

"그건 아닌 것 같은데요."

멸치는 불청객.

이 타이밍에 주도권을 잡지 못했다간 끝까지 한마디도 못할 가능성이 있었다.

그걸 알고서 먼저 신혁돈이 눈치를 주자마자 변호사를 자처하고 나선 것이다.

간수호가 들고 온 서류 가방을 테이블에 올렸다.

원래는 신혁돈을 설득하기 위해 들고 온 CCTV 자료와 병

원 측 입원 자료였다.

'이게 이렇게 쓰일 줄은 몰랐지만.'

간수호가 태블릿 PC를 꺼내 들었다.

"일단 여기 CCTV를 보시면 마이더스 측에서 먼저 신혁돈 씨에게 다가와 삿대질을 하는 모습이 보입니다. 자, 그리고… 이 부분에서 먼저 멱살을 잡죠?"

간수호는 고정훈과 신혁돈을 한 번 바라본 뒤 말을 이었다.

"이 부분에서 저희 신혁돈 씨께서는 신변의 위협을 느끼신 겁니다. 그리고 겁에 질린 표정으로 말하는 게 보이십니까?"

누가 봐도 겁에 질린 표정이 아닌 조소가 가득 담긴 얼굴이다. 하지만 코에 걸면 코걸이, 귀에 걸면 귀걸이다.

고정훈이 신혁돈을 바라본 순간 신혁돈이 태연한 얼굴로 말했다.

"맞습니다. 저는 겁에 질려 있었습니다."

신혁돈 본인이 겁에 질렸다는데 어떻게 하겠는가.

이남정은 어이없다는 표정으로 헛웃음을 흘렸다.

"저게 어디로 봐서……."

영상은 재생되었고, 신혁돈이 움직여 다섯 사람을 때려눕히는 장면으로 넘어갔다. 그리고 곧 영상이 끝나자 간수호가 말했다.

"과격 대응이라는 점은 인정합니다만 과실 자체가 신혁돈

씨에게 있다는 것은 인정할 수 없습니다. 게다가 1 대 5로 핍박 받은 상황. 상황의 특수성 또한 인정해야 한다고 봅니다.”

'멸치 이거 의외로 물건인데?'

판을 만들어줬다니 물 만난 고기처럼 날뛰고 있다.

그 탓에 적당히 압박한 뒤 회유하려고 한 고정훈의 입장이 난처해졌다. 여기서 더 압박하면 간수호는 '그럼 인정할 건 인정하고 배상을 하겠다'는 식으로 나올 것이다.

그렇게 되면 더 가드에서 배상을 맡겠다는 식으로 넘어갈 것이고, 신혁돈은 자연스레 더 가드로 넘어간다.

'그것만은 막아야 하는데……'

더 가드가 끼어든 이상 자존심 싸움이다.

고정훈이 손가락으로 테이블을 두들겼다.

그 모습을 본 간수호가 미소를 지었다. 그리곤 신혁돈을 바라보았다.

마치 칭찬을 바라는 강아지 같은 표정이다.

신혁돈은 대충 고개를 끄덕여 주고선 고정훈을 바라보았다.

'어떤 선택을 할 거냐.'

한참을 고민하던 고정훈이 간수호를 바라보았다.

시작부터 꼬였다.

차라리 배상을 원하는 게 아니라 모든 것을 없던 일로 하고 길드에 들어오는 방향으로 설득하는 게 맞았다.

실수를 인지한 고정훈은 입을 열지 못했다.

이대로라면 고정훈의 입지가 너무 좁아진다. 신혁돈이 바라는 것은 팽팽한 줄다리기다. 신혁돈이 입을 열었다.

"마이더스에서 배상 말고 다른 조건을 제시하신다면 수용할 생각도 있습니다."

고정훈의 눈이 번쩍 뜨였고, 간수호는 경악했다.

"어차피 마이더스에서도 배상을 원하고 만든 자리는 아니지 않습니까?"

"그렇죠."

고정훈은 생명줄이라도 내려온 듯 재빨리 신혁돈의 말을 받았다.

"저를 좋은 조건… 으로 영입하기 위해서 만든 자리, 맞습니까?"

일부러 좋은 조건에 악센트를 주자 고정훈의 눈이 간수호를 빠르게 훑은 뒤 고개를 끄덕였다.

"맞습니다."

"더 가드에서도 그것 때문에 저를 따라오신 거 맞습니까?"

간수호는 믿는 도끼에 발등이 찍힌 표정으로 천천히 고개를 끄덕였다.

"그럼 쓸데없는 이야기로 힘을 빼느니 바로 본론으로 들어가죠. 두 분은, 아니, 두 길드는 저에게 무얼 줄 수 있으십니까?"

신혁돈은 미소를 지었고, 고정훈은 입술을 씹었다.

며칠 전 고정훈은 윗선의 연락을 받고 한 편의 영상을 보았다. 마이더스의 길드원들이 시비를 걸었다가 역으로 얻어맞는 영상이었다. 군더더기 없는 움직임과 턱을 노리는 주먹의 정확도, 게다가 딱 정신을 잃을 정도의 힘 조절.

'길드에 가입시켜라.'

그 뒤로 신혁돈에 대해서 알아보았고, 신혁돈이 각성자 등록이 되어 있질 않다는 것을 알아낼 수 있었다.

이건 흙 속의 진주였다.

게다가 상황조차 자신에게 유리하게 만들어져 있다.

조금 겁을 준 뒤 후려치기만 하면 손쉽게 마이더스로 데려올 수 있을 것 같았다.

한데 이게 무슨 상황이란 말인가.

졸지에 신입 각성자 한 명을 데려오자고 더 가드와 정면 대결을 해야 하는 상황이 되어버렸다.

'과연 신혁돈에게 그럴 가치가 있을까?'

고정훈이 입술을 씹는 사이 신혁돈이 말했다.

"그럼 고소는 취하하실 겁니까?"

"그러죠."

신혁돈이 고개를 끄덕이고선 일어났다.

"그럼 두 분이 상의하시고 결정되면 연락 주십시오. 그렇게 알고 먼저 일어나겠습니다."

두 사람에게 숙제를 던져준 신혁돈은 웃는 낯으로 인사를
한 뒤 회의실을 빠져나갔다.

남은 두 사람 사이에서 묘한 스파크가 일었다.

*   *   *

두 길드는 고민할 것이다.

신혁돈이 과연 그만한 가치가 있을 것인가에 대하여.

그리고 가치가 입증되는 순간 눈에 불을 켜고 달려들 것이다.

'나에게 이목을 집중시키고 몸값을 띄운다.'

계획의 발판은 완성되었다.

이제 엄두도 못 낼 정도로 몸값을 띄울 차례.

웃음을 흘린 신혁돈은 관리국 1층에 있는 각성자 등록 시
험장으로 향했다.

각성자 등록 시험은 등급 시험과는 다르다.

처음 각성자가 되면 관리국에 등록하며 어느 정도 잠재력
을 가지고 있는지 테스트를 하게 되는데, 이것을 각성자 등록
시험이라 부른다.

"등록 시험 보러 왔는데요."

데스크에 말하자 간단한 인적 사항을 적고 대기표를 주었다.

시험비는 무려 300만 원으로, 실제 괴물을 상대로 하는 시험이었기에 괴물 조달에 대한 비용이 포함되어 있었다.

이른 시간인지라 사람이 많이 않아 금방 신혁돈의 차례가 되었다.

"15번 신혁돈 씨."

응시장.

사방이 시멘트벽으로 되어 있는 15평 정도의 공간이었다. 입구와 출구가 나뉘어져 있고, 구석에는 위급 상황 시 신혁돈을 도와줄 요원이 배치되어 있었다.

벽의 한 면은 거대한 유리로 되어 있고, 세 명의 심사 위원이 앉아 신혁돈을 바라보고 있다.

'스카우터들.'

저들 또한 거대 길드 소속에 이름 있는 각성자들이다.

신혁돈이 몸을 푸는 사이 스피커로 심사 위원의 목소리가 흘러나왔다.

"신혁돈 씨, 맨손인데 괜찮으십니까?"

"예."

마이크의 전원을 내린 심사 위원이 피식 웃었다.

"저런 놈들 하나씩은 꼭 있다니까."

"그러게요. 각성만 하면 지가 슈퍼맨이라도 될 줄 아는 모양입니다."

"빨리 끝내고 점심이나 먹으러 갑시다."

"예."

다시 마이크를 올린 심사 위원이 말했다.

"그럼 시작하겠습니다."

심사 위원이 버튼 하나를 누르자 방의 중앙 바닥이 열리며 승강기가 올라왔다.

'큰 머리 늑대.'

머리가 몸의 1/2을 차지하는 기형적인 모습의 늑대로 등급은 F다.

늑대와 신혁돈의 눈이 마주친 순간 포식자의 눈이 발동되며 공포에 휩싸인 늑대가 고개를 숙이고 부들부들 떨기 시작했다.

신혁돈은 마치 산책을 나온 듯 뚜벅뚜벅 걸어가 늑대의 머리를 내려쳤다.

뻑!

단 한 방에 사망, 그리고 정적.

당황한 심사 위원들 대신 안전 요원이 말했다.

"…클리어입니다. 5분간 휴식 후 다음 단계 진행하겠습니다."

신혁돈은 고개를 끄덕이고선 응시장 구석에 양반다리를 하고 앉았다.

"…뭐야?"

"큰 머리 늑대가 왜 고개를 숙여?"

큰 머리 늑대는 신체적 능력은 부족하지만 엄청난 호전성과 무리를 지어 다니는 습성 때문에 F등급에서도 최상위권으로 분류된 괴물이다.

그런 놈이 고개를 숙이고 겸허히 죽음을 받아들인다?

난생처음 보는 일이다. 게다가 등록 시험은 말 그대로 등록하고 잠재력을 보는 시험이었다. 이제 막 각성한 이들이 무슨 전투 센스가 있다고 괴물과 싸워 이기겠는가. 90%는 전투에서 패배하고 5%는 양패구상하며 5%만이 첫 관문을 통과한다.

첫 관문을 통과한 이들은 유망주라 불리며 거대 길드들의 주목을 받게 된다.

한데 괴물을 한 방에 죽였다.

"저 급한 전화가 있어서 잠시 좀……."

휴식 시간이 주어지자마자 심사 위원 한 명이 스마트폰을 들고 뛰쳐나갔다. 한 명이 나가자 나머지 둘 또한 눈치를 보다 밖으로 나갔다.

그 모습을 본 신혁돈은 미소를 지었다.

쉬는 시간은 5분.

벌써부터 몸값 올라가는 소리가 들려오고 있었다.

그 뒤로 E, D등급의 몬스터가 더 등장했지만 결과는 똑같았다.

신혁돈의 압승!

"클리어. 5분간 휴식 후 다음 단계 진행하겠습니다."

D등급 더블 헤드 놀이 힘도 못 써보고 쓰러지자 심사 위원들의 표정이 심각해졌다.

"2등급 확정입니다."

"뭐 하는… 사람이죠?"

"말도 안 돼!"

"각성자 명부 다시 뒤져봤는데 등록된 각성자는 아닙니다. 그렇다고 등록 취소된 각성자도 아니고… 대체 뭡니까? 저 사람."

"저 정도면 C등급까지는 혼자 잡을 것 같은데요?"

심사 위원들이 서로를 바라보았다.

모두가 놀란 눈치.

그 와중에 모두의 눈에는 같은 생각이 담겨 있었다.

'붙잡아야 한다!'

그리고,

'끝을 보고 싶다.'

지금까지의 심사 중 C등급 괴물이 투입된 적은 단 한 번도 없었다. 잠깐의 회의를 가진 심사 위원들이 말했다.

"신혁돈 씨."

"예."

"D등급을 통과하셨고 방금 가2등급을 받으셨습니다. 바로

2등급 등급 시험에 응시 가능하십니다."

"예."

"남은 단계는 C등급 괴물입니다. 등급으로 따지자면 2등급을 넘어서 3등급 각성자는 되어야 상대하는 괴물입니다. 혹시 C등급에 도전해 보시겠습니까?"

"C등급을 클리어하면 가3등급을 줍니까?"

"물론이죠."

"그럼 하겠습니다."

도전이 결정되자 입구가 열리며 세 명의 안전 요원이 들어와 구석에 섰다.

안전 요원들 또한 긴장한 눈치다.

하지만 신혁돈은 긴장은커녕 콧노래를 부르며 어깨를 휘휘 돌리고 있었다. 안전 요원들이 어이가 없어 헛웃음을 흘린 순간, 승강기가 올라오며 몬스터가 등장했다.

승강기가 끝까지 올라온 순간,

쿠어어!

털이 없는 검은 피부의 괴물 어글리 베어가 두 발로 서서 포효했다.

'새끼인가.'

패턴 차원문에서 본 어글리 베어보다 덩치가 작았다. 게다가 힘을 빼놓기 위해 먹이를 주지 않았는지 수척해진 모습이다.

"쯧."

좀 더 압도적인 힘을 보여 몸값을 띄울 생각이던 신혁돈이 혀를 찼다. 저런 상태로는 싸우기는커녕 몇 대 버티지도 못하고 에르그 코어를 떨굴 것이다.

"시작하겠습니다."

신혁돈의 말과 동시에 어글리 베어의 시선이 신혁돈에게로 향했다.

그 순간,

[새끼 어글리 베어가 당신을 동족으로 인식했습니다.]

메시지가 떠오르며 어글리 베어가 네 발로 서서 신혁돈에게 다가왔다.

'동족이라……'

어글리 베어의 정신과 육체 스킬을 가지고 있었기에 어글리 베어가 신혁돈을 동족으로 인식한 듯했다.

신혁돈이 당황하는 사이 어글리 베어가 신혁돈의 코앞까지 다가와 코를 킁킁거렸다.

진짜 자신의 동족인지를 확인하기 위한 행동.

신혁돈에게는 기회인 상황이다.

신혁돈이 주먹을 말아 쥐며 어글리 베어의 '인간 폼'을 발동시켰다. 완벽한 몬스터 폼으로 변하는 것이 아닌 어글리 베어의 힘만 끌어낸 것이다.

온몸에 힘이 도는 것을 느낀 신혁돈은 어글리 베어의 턱을 올려쳤다.

빽!

쿠어어!

불의의 일격을 당한 어글리 베어가 포효하며 두 발로 일어섰다. 동족으로 인식했다 한들 공격을 당한 이상 가만히 있을 어글리 베어가 아니었다.

힘이 빠진 상황이라 한들 C급의 어글리 베어.

포효와 함께 신혁돈에게 달려들며 앞발을 휘둘렀다.

신혁돈은 가뿐히 피하며 어글리 베어의 온몸을 두들겼다.

퍽! 퍽! 퍽!

어글리 베어는 별다른 반항도 해보지 못한 채 신혁돈에게 얻어터지기 시작했다.

"맙소사……."

심사의원들의 눈에 경악이 서렸다.

새끼인데다 먹이를 주지 않았다 한들 C급의 어글리 베어는 절대 쉽게 볼 수 있는 괴물이 아니었다.

하지만 신혁돈은 어린아이가 개미를 가지고 놀듯 어글리

베어를 가지고 놀고 있었다.

쿠어! 쿠어억!

어글리 베어의 앞발과 물어뜯는 공격이 신혁돈을 노렸지만 신혁돈은 여유롭게 피하며 발과 주먹을 이용해 어글리 베어의 온몸을 후려쳤다.

얼마 지나지 않아 어글리 베어의 몸 곳곳이 부풀어 오르기 시작했다.

"저거, 뼈가 부러진 거 아닙니까?"

"인간이 맨손으로 어글리 베어의 뼈를 부러뜨리다니……."

그들의 추측과 같이 뼈가 부러진 어글리 베어의 행동이 점차 둔해지기 시작했다. 움직일 때마다 부러진 뼈가 고통을 주었고, 어글리 베어는 고통에 찬 포효를 할 뿐 반항조차 하지 못했다.

신혁돈이 전투를 끝내기 위해 팔을 올려 든 순간 어글리 베어가 몸을 웅크리고 엎드렸다.

[어글리 베어가 당신에게 복종하였습니다.]
[아이템 '정신의 벗'이 성장했습니다!]
[스킬 '테이밍'을 획득하였습니다.]

테이밍[Rank F, Rare, Active]
―대상을 길들일 수 있습니다.

―대상이 시전자에게 가진 호감도가 높을수록 성공률이 높아집니다.

―대상과의 신체적, 정신적 능력치 차이가 클수록 성공률이 높아집니다.

―대상의 남은 체력에 반비례해 성공률이 높아집니다.

정신의 벗[Set]

―정신 마법 저항력이 대폭 상승합니다.

―어떠한 상황에서도 정신을 잃지 않습니다.

―대상의 정신에 영향을 끼치는 것으로 성장합니다.

―현재 성장 단계 : 2/5

―성장 한계치 : 2배

정신의 벗 또한 성장하며 성장 조건과 성장 한계치가 밝혀졌다. 그리고 정신 마법에 대한 저항력이 대폭 상승하였다.

'이렇게만 성장한다면……'

언젠가는 잠식을 이겨낼 수도 있을 것이라는 생각이 들었다.

끼이잉!

바닥에 납작 엎드린 어글리 베어가 앓는 소리를 내었다. 더 볼도 것 없다 판단한 심사 위원들이 마이크를 통해 말했다.

"그만! 통과입니다."

이미 신혁돈의 전투력을 확인한 상황. 생포하기 힘든 어글리 베어를 잃고 싶지 않은 심사 위원들이 통과를 선언했다.

"후."

호흡을 정리한 신혁돈이 메시지를 보았다.

'테이밍이라……'

저번 삶에서 몇몇 각성자가 괴물을 길들여 자신의 수족처럼 부리는 것을 본 적이 있다. 영국의 각성자 로지널드라는 테이머는 오렌지 홀 A등급의 몬스터인 가고일을 길들여 타고 다니는 것으로 유명세를 타기도 했다.

테이밍에 대해서 곰곰이 생각하던 신혁돈은 결론을 내렸다.

'도시락으로 쓰면 되겠군.'

차원문 내에서 굳이 고기를 들고 다니지 않고 한 마리씩 데리고 다니며 짐꾼 겸 도시락으로 사용하면 쓸 만할 것 같았다.

신혁돈이 만족스러운 미소를 짓는 사이 응시장의 입구가 열렸다.

"밖으로 나가시면 됩니다."

밖으로 나오기 무섭게 세 명의 심사 위원이 신혁돈의 곁으로 다가왔다.

"자네, 혹시 길드는 있는가?"

"어디 소속이십니까?"

"만약 소속이 없다면 태백연합은 어떠십니까?"

신혁돈은 미소를 띤 채로 대답했다.

"마이더스, 더 가드한테 물어보십시오."

세 사람이 서로를 바라보며 물음표를 띄웠다.

말을 마친 신혁돈은 각성자 등록증을 발급 받기 위해 걸음을 옮겼다. 남은 심사 위원들은 멍한 표정으로 떠나는 신혁돈의 뒷모습을 바라볼 뿐이었다.

"두 길드와 무슨 관계일까요?"

"저 정도 실력이라면 두 길드 모두 탐내는 게 이해가 되지."

데스크에 들러 각성자 등록증을 받은 신혁돈이 직원에게 물었다.

"3등급 등급 시험은 언제 있습니까?"

"이틀 뒤에 있네요. 접수해 드릴까요?"

"예."

등급 시험 접수까지 마친 신혁돈은 관리국 건물을 나서서 미래흥신소로 향했다.

그때까지 회의실에서 이야기를 하고 있던 고정훈과 간수호의 핸드폰이 동시에 울렸다. 두 사람은 서로의 핸드폰을 한번 바라본 뒤 전화를 받았다. 그리고 동시에 표정이 어두워졌다.

"이름이 뭐라고?"

"다시 말해봐."

먼저 전화를 끊은 고정훈이 간수호가 전화를 끊을 때까지
기다리다 물었다.

"같은 전화를 받은 것 같습니다만."

"그런 것 같네요."

두 사람이 동시에 한숨을 내쉬었다. 아무리 자존심이 걸린
문제라 해도 이해득실이 맞아야 움직이게 마련이다. 신혁돈을
데려오기 위해서는 더 가드와 경쟁해야 한다. 게다가 신혁돈
의 마음 또한 잡기 위해 공을 들여야 하는 건 당연한 일.

고정훈이 봤을 때 신혁돈은 이 두 가지를 모두 무시하고 데
려올 만큼 매력 있는 인재는 아니었다.

하지만 상황이 달라졌다.

가3등급이라니.

"상황이 달라졌네요."

"그러게 말입니다."

"먼저 일어나겠습니다."

고정훈이 일어나자 간수호 또한 자리에서 일어나 손을 건
넸다.

"다음에 뵙죠."

두 사람은 회의실을 나섬과 동시에 핸드폰을 꺼내 들었다.

그리고 같은 내용을 지시했다.

―이틀 뒤에 있을 3등급 등급 시험에 무슨 일이 있더라도

참가해야 한다.

신혁돈의 무위를 눈으로 확인하기 위해서였다.

만약 진짜 물건이라 확인되는 순간, 이들은 무슨 수를 써서라도 신혁돈을 영입할 것이다.

*   *   *

사무실에는 윤태수 홀로 앉아 자리를 지키고 있었다.

"오셨습니까."

"오냐. 경매는 끝났냐?"

"예, 11억 2천에 낙찰됐습니다."

"그럼 총 17억이네?"

"예, 6 대 4로 나누면, 형님 10억 2천, 저희 6억 8천입니다."

"누구 마음대로 6 대 4야?"

"예?"

"7 대 3이잖아."

윤태수가 미소를 지으며 커다란 상자 하나를 건넸다.

"뭐야?"

상자를 열어보자 워해머가 들어 있다.

제대로 된 공방에서 만든 것인지 금속의 재질부터가 달랐다.

"형님도 제대로 된 무기 하나 있어야 하지 않겠습니까? 그거 잠깐 쓰고 계시면 제대로 된 걸로 구해드리겠습니다."

안 그래도 등급 시험 전 적당한 무기를 구하려 한 상황이다.

신혁돈이 피식 웃음을 흘렸다.

그러자 타이밍을 잡은 윤태수가 말을 이었다.

"정보는 조금만 기다려 주시면 안 되겠습니까? 애들이 잠도 못 자고 뛰어다니고 있습니다."

"흠."

팔짱을 낀 채 윤태수를 바라보던 신혁돈이 말했다.

"나흘 주지."

"감사합니다!"

17억의 10%면 1억7천이다. 나흘 안에 그 정도 가치의 정보를 주지 않으면 신혁돈은 가차 없이 10%를 떼어갈 사람이다.

워해머를 손에 쥔 신혁돈이 이리저리 휘둘러 보았다.

제대로 균형이 잡혀 있는데다 리치 또한 신혁돈과 딱 맞았다.

"주문 제작한 거냐?"

"예, 전에 유리 갑옷 만들 때 하나 주문했지 말입니다."

"고맙다."

"그럼… 이틀만 더 주시면 안 되겠습니까?"

"그래."

윤태수의 이런 점이 마음에 들었다.

굳이 말을 하지 않아도 상대에게 무엇이 필요한지, 무엇이 모자란지 파악하고 미리 준비한다.

그랬기에 제일 먼저 윤태수를 찾아온 것이다.

"연락해라."

"예, 들어가십시오, 형님."

*　　　*　　　*

이틀 뒤, 등급 시험장으로 선정된 레드 홀을 찾은 신혁돈이 헛웃음을 흘렸다.

"혁돈 씨, 오셨습니까."

"빨리 오셨네요."

신혁돈이 등급 시험장에 들어서자마자 고정훈과 간수호가 신혁돈에게 인사를 하며 걸어왔다.

그 뒤로 열댓 명의 사람들이 함께했다.

"뭡니까?"

"공교롭게도 저희 길드원들도 등급 시험을 보게 돼서 말입니다. 같이 왔습니다."

"저희도 마찬가집니다."

대놓고 신혁돈의 실력을 파악하겠다는 의도.

무작위로 결정되는 공격대원에 두 길드가 모두 속해 있다니 관리국이 얼마나 썩었는지를 알 수 있게 해주는 대목이다.

'오히려 좋지.'

편성된 공격대원 중 신혁돈이 움직이는 데 방해될 이들은 없을 것이다.

"스카우터 분들은 3등급 아니셨습니까?"

"저희는 심사 위원으로 참가합니다."

더 가드의 심사 위원은 마이더스를, 마이더스의 심사 위원은 더 가드를 심사한다.

라이벌인 만큼 공정성에서 의문을 제기할 수도 없는 노릇.

신혁돈이 웃음을 흘리며 말했다.

"뭐 그렇다고 칩시다."

고정훈은 웃는 낯으로 고개를 끄덕인 뒤 간수호에게 물었다.

"인원수 확인하셨습니까?"

"예, 신혁돈 씨를 마지막으로 스물세 명 맞습니다."

"그럼 1월 마지막 주 3등급 등급 시험을 시작하겠습니다."

제5장

등급 시험

3등급 시험은 레드 홀 A등급의 차원문과 오렌지 홀 F등급의 차원문에서 치러진다.

스물에서 서른 사이의 사람들이 공격대를 이뤄 시험을 치르며 심사 위원의 판단에 따라 합격자가 정해진다.

"이번 등급 시험은 육눈수리의 차원입니다. 붕괴까지는 30일 남은 차원이며 등급은 A입니다."

차원문에 들어선 신혁돈은 길게 심호흡을 하며 주변을 둘러보았다.

제일 먼저 드넓은 산의 풍경이 눈에 들어왔다.

낮은 나무들과 거대한 바위들, 그리고 너른 공터가 곳곳에 보인다. 그리고 하늘을 배회하고 있는 검은 점들 또한 보였다.

육눈수리.

여섯 개의 붉은 눈을 가졌고 독수리와 닮은 괴물로 어지간한 쇠도 찢는 날카로운 부리와 발톱이 위협적인 괴물이다.

단순히 신체적 능력만 보면 어글리 베어보다 약하다.

하지만 하나의 둥지를 두고 단체 생활을 하기에 A등급으로 판정을 받은 괴물로서 만만히 볼 상대가 아니었다.

심사 위원들은 최소한의 정보만 준 뒤 한 걸음 물러서서 위험한 상황에만 나설 것이다.

게다가 신혁돈을 시험하기 위해 만들어진 자리.

신혁돈 외의 응시자들은 전부 마이더스와 더 가드 소속의 각성자들이다.

'마음에 드는군.'

심사 위원들이 물러서자 마이더스와 더 가드에서 한 명씩 나와 신혁돈에게로 걸어왔다.

가죽 갑옷을 걸치고 지팡이를 들고 있는 여자와 튼튼한 쇠 갑옷을 입고 거대한 검을 들고 있는 남자였다.

"더 가드 측 리더를 맡은 백연희예요."

"마이더스 측 리더 임석호입니다."

"신혁돈입니다."

두 사람과 악수를 나누자 백연희가 말했다.

"어떻게 할까요?"

위에서 따로 지시가 있던 것인지 임석호 또한 신혁돈의 말을 기다리고 있다.

"제대로 판을 까는구먼."

거침없는 언사에 백연희가 어색한 미소를 지었고 임석호는 대놓고 불편하다는 표정을 짓고 있다.

"마이더스가 레스팅 포인트를 잡아주시고 더 가드가 주변 탐색을 맡아주십시오."

"그러죠."

"그쪽은 뭘 합니까?"

임석호가 팔짱을 끼며 물었다.

"전 따로 주변 탐사를 할 생각입니다. 원거리 통신 가능하신 분 계십니까?"

"제가 가능해요."

"저희 쪽도 한 명 있습니다."

이래서 메이지 계열이 대우를 받는 것이다.

기계가 작동하지 않는 차원문 내에서 원거리에서 연락할 수 있는 수단은 봉화 같은 원시적인 수단뿐이다.

하나 메이지 계열이 있다면 통신 스킬을 통해 원거리에서 연락을 주고받을 수 있었다.

고개를 끄덕인 신혁돈이 말을 이었다.

"어차피 저 혼자 보내주진 않을 테니 한 명씩 붙여주십시오."

두 사람은 어이가 없어 헛웃음을 흘렸다. 눈 가리고 아웅도 손발이 맞아야 하는 것이지, 이게 뭔가 싶다.

한숨을 내쉰 백연희가 말했다.

"제가 가죠."

"그럼 저도 가죠."

"리더가 다 빠지면… 심사 위원이 알아서 하겠군. 그럽시다."

어차피 자신을 제외한 22명 중 승급할 사람은 정해져 있을 것이다. 나머지는 들러리일 뿐. 시험 장소로 육눈수리의 차원으로 정한 것도 그것과 같은 이유일 것이다.

괴물 한 마리 한 마리가 강한 것이 아니었고 기습 또한 걱정하지 않아도 되기에 제대로 정신만 차리고 있다면 목숨을 잃을 걱정 또한 없었다. 게다가 함께 손발을 맞추던 길드원들과 함께 왔으니 위험 요소는 더욱 적을 것이다.

신혁돈이 생각하는 사이 두 리더가 지시를 마치고 돌아오자 신혁돈이 출발했다.

*   *   *

나무가 원래 색을 잃고 검어 보일 정도로 많은 육눈수리가 모여 있었다. 신혁돈이 손을 들자 두 사람이 멈추어 섰고, 백연희가 말했다.

"서른네 마리예요."

"감지 스킬입니까?"

"비슷해요."

신혁돈이 허리춤에 메어 두었던 워해머의 버클을 풀며 말했다.

"잡고 갑니다."

그러자 임석호가 말했다.

"도울 생각 없습니다만."

"도움 받을 생각도 없습니다만."

백연희가 웃음을 흘리며 말했다.

"전 도울 생각 있는데요."

"필요 없습니다."

두 사람이 나무 뒤에 숨고 신혁돈이 걸어 나가며 포효했다.

"크아아!"

순간 나무가 날아오르듯 나무 위에 있던 모든 육눈수리가 날아올랐다. 그리곤 신혁돈을 향해 날아들었다.

신혁돈은 인간 폼을 발동시키며 워해머의 손잡이를 바투 쥐었다. 그리고 육눈수리의 부리가 신혁돈의 코앞까지 닿은 순간.

부웅!

마치 야구 배트를 휘두르듯 위해머를 휘둘렀다.

쾅!

야구공 대신 빠르게 날아오던 육눈수리의 머리가 적중했고, 허공에서 터져 나갔다.

그리고 학살이 시작되었다.

피할 수 없는 공격은 몸으로 받고 자신의 몸에 상처를 입힌 육눈수리의 머리를 터뜨렸다. 위해머의 공격 범위보다 가까이 들어오면 주먹으로 후려치고 입으로 물어뜯기까지 했다.

"맙소사!"

임석호는 입을 떡 벌렸고 백연희는 눈을 질끈 감았다.

어지간한 상황에는 눈도 깜짝하지 않는 각성자들마저 놀랄 정도의 잔인한 전투였다.

"무슨… 미친……."

광전사.

전투의 목적이 대상을 죽이고 피를 갈구하는 것에 있는 듯 신혁돈은 미쳐 날뛰었다. 10분이 채 되지 않아 하늘을 가득 메우고 있던 육눈수리가 모조리 바닥에 떨어졌다.

"후……."

자신의 피인지 육눈수리의 피인지 모를 피로 온몸을 물들인 신혁돈이 긴 호흡을 내쉬었다.

신혁돈의 전투 스타일은 이런 난잡함과는 거리가 멀었다.

한 동작 한 동작을 계산하고, 최적의 움직임과 공격, 그리고 방어하는 것이 신혁돈의 스타일이다. 그럼에도 이런 전투를 보여준 이유는 힘의 차이를 보여주기 위한 일종의 쇼였다.

그리고 두 사람에겐 확실히 각인된 모양이다.

백연희는 이제야 눈을 뜨고 주변을 살피고 있고, 임석호는 아직까지도 입을 벌리고 있었다.

호흡을 정리한 신혁돈이 두 사람을 바라보며 말했다.

"수건."

임석호는 자신도 모르게 가진 물품을 뒤지다 깨달았다.

"난 당신 시다가 아닙니다."

"아, 그랬지. 혹시 수건 있으면 좀 빌려주십시오."

그때 백연희가 수건 하나를 건넸다.

"대단… 하시네요."

두 사람은 길드가 무리한 투자를 해서라도 이 사람을 잡으려 하는 이유를 깨달을 수 있었다.

그저 강하다는 말로 형언할 수 없는 다른 강함이 있었다.

얼굴에 흐르는 피를 대충 닦은 신혁돈이 아, 하는 소리를 흘렸다.

'한 마리 살렸어야 되는데.'

테이밍 스킬을 사용해 볼 기회였는데 자신도 모르게 흥에 취해 깜빡했다.

위해머를 다시 허리에 건 신혁돈이 두 사람에게 말했다.

"뒷정리를 하는 동안 주변 경계 좀 부탁드립니다."

경계를 할 것도 없었지만 이 장소에 있고 싶지도 않던 두 사람은 얼른 고개를 끄덕이고 자리를 벗어났다.

두 사람이 사라지자 신혁돈은 단검을 꺼내 들고 육눈수리의 심장을 꺼내 에르그 기관을 적출해서 먹었다.

그와 동시에 에르그 코어 또한 흡수했다.

에르그 기관을 섭취하자 신혁돈의 몸이 불어났다. 신혁돈은 하나를 먹을 때마다 포식을 사용하며 몸이 뚱뚱해지는 것을 막았다.

사람이 급격히 살이 찌면 얼굴이 변하고 다른 사람처럼 보이게 마련이다. 저번 삶에서도 갑자기 살을 찌워 신분을 숨기거나 적대 길드를 습격하는 데 유용하게 쓰곤 했다.

총 서른네 마리의 에르그 기관을 모두 섭취한 신혁돈이 만족스러운 얼굴로 두 사람을 불렀다.

곧 두 사람이 오자 신혁돈이 말했다.

"좀 더 가보죠."

이미 탐색보단 학살 쪽에 초점이 맞춰져 있었지만 두 사람은 별말 없이 신혁돈의 뒤를 따랐다. 신혁돈은 걸음을 옮기며 포식으로 생긴 스킬을 확인해 보았다.

[육눈수리]

─육눈수리의 육체(Rank F, Rare, Active)

─육눈수리의 정신(Rank F, Rare, Passive)

분배 가능 포인트 : 34

'육눈수리의 육체라……'

어글리 베어의 경우 힘이 강해졌지만 육눈수리의 경우에는 뭐가 어떻게 될지 상상이 안 됐다.

'날개라도 자라나나?'

당장에라도 사용해 보고 싶었지만 보는 눈이 있어 사용할 수 없었다.

신혁돈을 일단 육눈수리의 육체에 포인트를 투자했다.

[포인트가 모자라 스킬 랭크 업이 불가능합니다.]

[요구 포인트 : 50]

'랭크 하나에 50 포인트라니……'

만약 어글리 베어 때처럼 두 배가 들어간다 치면 두 스킬 모두 A랭크를 찍기 위해서 1,500마리가 넘는 육눈수리를 잡아야 한다.

신혁돈은 고개를 주억거렸다.

가이아의 권능 '시스템'은 합리적이다.

만약 그만큼의 노력이 필요하다면 그만큼 강한 능력을 줄 것이 분명했다.

＊　　　＊　　　＊

"저건 또 무슨 미친 짓이야?"

"…글쎄요."

신혁돈은 육눈수리 하나를 잡고 죽지 않을 정도로 패고 있었다. 몇 대를 때리고 잠시 멈췄다가 다시 때리기를 5분여.

[육눈수리가 당신에게 복종하였습니다.]

"됐군."

신혁돈이 만족스러운 미소를 지었다.

거의 곤죽이 된 육눈수리의 발목을 쥔 신혁돈이 두 사람에게 걸어왔다.

"뭘… 하신 겁니까?"

"테이밍 했습니다."

두 사람은 서로를 바라보았다.

"테이밍을… 그렇게 하는 거였습니까?"

"아니, 그보다 테이머셨어요?"

"하이브리덥니다."

육눈수리를 대충 바닥에 던져둔 신혁돈이 숲을 뒤지기 시작했다. 얼마 지나지 않아 몇 가지 풀과 나뭇가지를 가져왔다.

신혁돈은 모든 풀과 나무를 너른 바위에 올리고 빻기 시작했다.

"뭐… 하십니까?"

"약 만듭니다."

이대로 두면 육눈수리는 죽고 만다.

신혁돈이 테이밍을 하기 위해 말 그대로 죽기 직전까지 때렸기 때문이다. 그래서 신혁돈은 약을 준비한 것이다.

"그게 약인 걸 어떻게 아셨습니까?"

"다 먹어보면 압니다."

반발할 말을 찾지 못한 임석호가 입을 다물고 얼마 지나지 않아 약이 완성되었다.

신혁돈은 육눈수리의 온몸에 약을 발라준 뒤 자신의 어깨에 얹고서 말했다.

"이제 돌아가죠."

누가 봐도 사냥을 마친 사냥꾼이 전리품을 들고 있는 모양새.

신혁돈이 앞장서자 두 사람이 그의 뒤를 따라 걸었다.

$$* \qquad * \qquad *$$

차원문에 들어온 뒤 닷새가 지났다.

그 어느 공격대보다 빠른 차원문 소탕이 이루어졌다.

신혁돈이 앞장서서 괴물들의 이목을 끌고 날뛰는 사이 다른 공격대원들이 옆으로 새어나오는 괴물들을 처치했다.

그리고 에르그 기관을 섭취하고 코어를 분배했다.

대부분 신혁돈의 몫으로 떨어졌고, 남은 이들은 자신이 처치한 육눈수리의 코어만 흡수했다.

에르그 기관을 원하는 이는 아무도 없었기에 모두 신혁돈의 몫이었다.

"도시락!"

삐이익!

신혁돈의 부름에 하늘을 배회하며 주변을 경계하던 육눈수리가 날아와 신혁돈의 팔뚝에 앉았다.

육눈수리는 자신을 죽을 위기에서 구해준 신혁돈을 친어미처럼 따랐다.

죽음의 위기로 몰아넣은 것이 신혁돈이라는 것은 이미 잊은 듯했다.

"새대가리 놈."

육눈수리의 머리를 쓰다듬어 주자 육눈수리는 기분이 좋은 듯 신혁돈의 손에 머리를 비볐다.

"이 주변은 안전합니다."

신혁돈의 말에 두 리더가 고개를 끄덕였다.

육눈수리를 테이밍한 덕에 주변에 육눈수리가 있는지 없는지는 확실히 알 수 있었다.

"오늘은 이곳에 레스팅 포인트를 잡습니다."

닷새간의 사냥으로 신혁돈은 모두를 이끌고 있었다.

처음에는 신혁돈을 고깝게 보는 이들도 있었으나 신혁돈이 전투하는 모습을 눈으로 본 이들은 말 한 마디 하지 않고 신혁돈의 명령을 따랐다.

레스팅 포인트가 설치되고 신혁돈은 슬쩍 자리를 비웠다.

그가 몰래 숲으로 들어가는 것을 본 백연희가 신혁돈의 뒤를 따랐다.

신혁돈은 산을 오르며 미리 봐둔 동굴로 걸음을 옮겼다. 동굴의 앞에 선 신혁돈은 뒤로 돌았다.

아무것도 없는 숲.

신혁돈은 나무 한 그루를 보고 말했다.

"어디까지 따라옵니까?"

숲은 아무런 반응도 없었다.

신혁돈은 한숨을 내쉰 뒤 허리춤에서 단검을 뽑았다.

그리고 던졌다.

휙!

"꺄악!"

턱!

순간 나무의 그림자가 짙어지며 백연희가 튀어나왔다. 백연희는 토끼 눈을 하고 소리 질렀다.

"만약에 맞으면 어떻게 하려고……!"

"누가 숨어 있으래?"

백연희가 입술을 깨물었다.

"그… 당신이 수상하게 움직였잖아요."

"마음대로 똥도 못 싸?"

백연희는 눈을 부라렸지만 할 말이 없는지 입을 오물거릴 뿐이다.

"싸는 거 구경할 거 아니면 가지?"

"안 그래도 갈 거거든요!"

백연희는 뒤도 돌아보지 않고 레스팅 포인트로 걸어갔다.

멀어지는 백연희의 모습을 바라보던 신혁돈이 이번엔 위해머를 풀어 손에 쥐었다. 그리곤 손목을 빙빙 돌리며 말했다.

"이거 던지면 피할 자신 있냐?"

그러자 나무에서 그림자가 하나 떨어졌다.

"아뇨, 돌아가겠습니다."

임석호였다.

두 떨거지를 쫓아낸 신혁돈은 단검과 위해머를 다시 허리춤에 꽂고 동굴로 들어갔다. 그리곤 입구에 도시락을 세워두었다.

"누가 오면 소리쳐라."

까악!

동굴 깊숙이 들어간 신혁돈은 장비를 풀어둔 채 몸을 풀었다. 그리곤 육눈수리의 육체를 발동시켰다.

온몸의 근육이 수축과 팽창을 반복하고 뼈가 어그러지기 시작했다.

"커… 억."

어글리 베어 몬스터 폼은 애들 장난으로 느껴질 정도의 고통이 찾아왔다. 입에 거품이 흐르고 온몸을 경련하는 사이 신혁돈의 다리 관절이 굽고 손톱과 발톱이 돋아났다.

털썩.

3분여가 지나고 육눈수리와 인간을 합쳐놓은 듯한 모습이 된 신혁돈이 바닥에 쓰러졌다. 고통은 사라졌으나 아직까지도 온몸의 근육이 움찔거리고 있었다.

"헉… 헉……."

예상하지 못한 사이 찾아온 고통에 정신을 잃을 뻔한 신혁돈은 간신히 정신을 차리고 몸을 일으켰다.

하지만 그것조차 마음대로 되지 않았다.

"뭐야?"

신혁돈은 누운 채로 자신의 몸을 살폈다.

깃털은 없었지만 팔과 다리의 뼈가 보일 정도로 앙상하게 말랐다. 마치 몇 백 년을 산 마녀의 것과 비슷했다.

무엇보다 다리 관절이 새의 그것처럼 뒤로 돌아가 있다.

"맙소사."

이러니 고통에 정신을 못 차릴 수밖에.

하이힐을 처음 신은 남자처럼 후들거리던 신혁돈은 이내 균형을 잡고 몇 걸음 움직여 보았다.

"가볍군."

어글리 베어 폼을 취하면 몸이 둔중해지는 대신 깊숙한 곳에서부터 힘이 끓어오르는 것 같은 느낌이 있다.

육눈수리 폼은 달랐다.

마치 금방이라도 날아갈 듯 가벼웠다.

그만큼 힘이 모자라긴 했지만 대신 가벼운 몸에서 나오는 속도가 엄청났다. 새로운 몸에 익숙해지기 위해 움직이던 신혁돈은 등 쪽에서 이물감을 느끼고 상의를 벗어보았다.

"날… 개?"

날개라기보다는 날개의 흔적 기관, 혹은 인간의 날개 뼈가 조금 더 튀어나온 것과 비슷했다.

현재 육눈수리의 신체 스킬 랭크는 F.

A랭크를 만든다면 날개가 생길지도 모른다는 기대감이 들었다.

지금까지는 육눈수리의 육체 스킬은 필요 없었기에 포인트를 사용하지 않고 모아둔 상태였다.

"A랭크를 달성해야겠어."

신혁돈이 닷새간 흡수한 에르그 기관은 총 311개.

F랭크에서 50, E랭크에서 100, D랭크에서 150을 소모해 C랭크를 달성했다.

랭크 하나가 올라갈 때마다 50포인트가 더 필요했다.

정신과 육체를 모두 A로 만들기 위해서는 1,500마리를 먹어야 했다.

'1,200마리만 더 먹으면 되는군.'

일반인이라면 기겁했을 양이지만 신혁돈은 그저 고개를 끄덕일 뿐이었다.

조금 더 움직여 보던 신혁돈은 곧 몬스터 폼을 해제했다.

다시 한 번 끔찍한 고통이 찾아온 뒤 신혁돈은 인간의 모습으로 돌아왔다.

"씻어야겠군."

두 번의 변신 덕에 온몸이 땀투성이였다.

동굴을 빠져나오자 도시락이 제자리를 지키고 있다가 신혁돈의 어깨로 날아들었다.

"도시락."

깍깍!

"주변에 강이 있는지 좀 찾아봐라."

깍!

마치 대답을 하듯 울음을 흘린 육눈수리가 하늘로 날아올랐다.

강가에 도착해 몸을 씻던 신혁돈은 문득 하늘을 올려보았다. 달이 두 개라는 점과 이름 모를 별자리가 수없이 많긴 했지만 지구의 밤하늘과 별다를 것이 없었다.

별이 있고 달이 있었으며 어두웠다.

깍!

육눈수리가 무언가를 발견한 듯 소리쳤다. 하늘에 정신이 팔려 있던 신혁돈이 고개를 돌려 육눈수리를 본 순간, 새카만 그림자가 신혁돈에게로 내리꽂혔다.

쾅!

풍덩!

가까스로 피한 신혁돈은 습관적으로 허리춤을 더듬었다. 하지만 아무것도 잡히지 않았다.

'아.'

씻는다고 옷과 장비를 벗어두었기에 위해머가 잡힐 리가 없었다.

그사이 거대한 그림자가 몸을 일으켰다.

까아악!

비산하는 물방울 사이로 빛나는 푸른 패턴이 반짝였다.

패턴 육눈수리!

신혁돈은 빠르게 뒤로 물러서며 어글리 베어 몬스터 폼을 발동시켰다. 신혁돈은 뼈가 우그러지고 근육이 뒤틀리는 상황에도 쉬지 않고 뒤로 물러섰다.

그제야 몬스터의 모습이 달빛 아래 드러났다.

6개의 붉은 눈이 반짝였고, 그 밑으로 길고 뾰족하게 나 있는 부리에선 타액이 질질 흐르고 있었다.

4m는 될 법한 날개와 어지간한 승용차는 찢어발길 것 같은 발톱 또한 위협적이다.

'왜 패턴 몬스터가?'

어느새 변신을 마친 신혁돈이 그르르 하고 거친 숨을 흘렸다.

패턴 차원문이 아닌 일반 홀에서 패턴 몬스터가 등장하는 것은 적어도 오렌지 홀 이후의 일이다.

'미래가 달라졌다.'

가이아의 목소리도, 패턴 몬스터도 그렇다. 그가 알고 있던 미래가 조금씩 달라지고 있었다.

신혁돈은 고개를 휘휘 저어 생각을 털어냈다.

이마에서 빛나는 푸른 패턴을 보아 이능 계열이다.

'그렇다는 것은······.'

능력을 발현하기 전에 끝낸다.

"콰우우!"

신혁돈이 크게 포효하며 달려들었다.

그 순간 여섯 개의 눈이 신혁돈과 마주치며 포식자의 눈이 발동되었다. 순간 공포에 걸린 패턴 육눈수리가 침을 질질 흘리며 날갯짓을 했다.

금방이라도 날아오를 것 같은 순간.

"어딜!"

신혁돈의 거대한 손이 패턴 육눈수리의 다리를 후려쳤다.

콰직!

카아아아!

'됐다!'

다리를 길게 찢고 뼈까지 긁어낸 느낌이 들었다.

다음 공격을 이어가려는 순간, 패턴 육눈수리가 하늘 높이 날아올랐다.

'원거리 공격?'

신혁돈이 긴장하며 나무 뒤로 숨는 순간,

까악!

기성을 지른 패턴 육눈수리가 밤하늘을 가로질러 도망쳤다.

"따라가!"

도시락은 자신보다 세 배는 큰 패턴 육눈수리를 쫓아가는 것이 겁도 나지 않는지 신혁돈의 말이 끝나기가 무섭게 바로 하늘로 날아올라 빠르게 시야에서 사라졌다.

도시락이 제대로 날아가는 것을 확인한 신혁돈은 방금 패턴 육눈수리의 다리를 찢어놓은 자신의 손을 내려다보았다.

찢어발긴 살점도, 피도 아무런 흔적이 없었다.

"이건 또 뭐야?"

검이나 도끼 같은 무기를 쓴 것도 아니고 손끝으로 직접 느낀 감각이다.

그게 잘못되었을 리가 없었다.

잠깐 고민하는 사이 사방에서 인기척이 들려왔다.

신혁돈과 패턴 육눈수리가 싸우며 포효한 것을 들은 사람들이 몰려온 것이다.

신혁돈은 빠르게 몬스터 폼을 해제한 뒤 강으로 뛰어들었다.

그리고 몇 초도 지나지 않아 두 심사 위원이 달려왔다. 주변을 둘러본 심사 위원들은 알몸으로 강가에 서 있는 신혁돈을 바라보았다.

그들의 턱이 벌어진 순간 신혁돈이 먼저 입을 열었다.

"내가 선녀도 아닌데 목욕하는 거 훔쳐보러 온 건 아닐 테고……."

신혁돈은 두 사람들을 쓱 훑어본 뒤 말했다.

"무슨 일이라도 났습니까?"

"그게… 이쪽에서 몬스터가 울부짖는 소리가 들렸습니다."

신혁돈은 어느새 팔짱을 낀 채로 고개를 끄덕였다.

두 사람은 고개와는 다른 박자로 흔들리는 것을 보곤 고개를 돌려 버렸다.

"바지… 아니, 뭐라도 좀 걸쳐주시면 안 되겠습니까?"

"남 목욕하는 데 와서 옷을 입으라 마라야?"

그사이 길드원들 또한 도착했다.

순식간에 스무 명이 넘는 사람들에게 알몸을 보인 신혁돈이었지만 부끄러움은 신혁돈이 아닌 길드원들의 몫이었다.

수군거리는 길드원들 사이에 선 고정훈이 두 번의 박수로 시선을 집중시킨 뒤 말했다.

"일단 레스팅 포인트로 돌아가십시오. 상황이 정리되면 다시 말씀드리겠습니다."

"예."

길드원들이 돌아가자 간수호가 근처의 바위에 걸터앉으며 말했다.

"자신이 있는 이유는 알겠는데… 그렇게까지 해야 됩니까?"

"내가 목욕하는 걸 당신들이 훔쳐본 건데 왜 내가 부끄러워해야 하지?"

궤변이긴 했으나 맞는 말이었다.

할 말이 없어진 간수호가 관자놀이를 꾹꾹 누르며 말했다.

"알겠습니다. 어쨌거나 포효를 들으셨습니까?"

"예, 패턴 몬스터가 나타나 쫓아버렸습니다."

"…예?"

정보에 대한 욕심을 부리자면 끝없이 부릴 수 있었지만 신혁돈은 군이 그렇게 하지 않았다.

다른 이들이 안다고 해서 선점할 수 있는 정보도 아니거니와 당장 수많은 각성자들의 목숨이 달린 일이다.

되물어도 대답이 없자 간수호가 다시 물었다.

"패턴 몬스터가 나타났단 말입니까?"

"예, 이능 패턴이더군요."

순식간에 심각한 얼굴이 된 두 심사 위원이 조그만 목소리로 대화를 나눴다.

신혁돈은 그사이 몸을 말리고 옷을 입었다.

"신혁돈 씨."

"예."

"죄송하지만 이 이상 시험을 진행하는 것은 위험합니다. 이쯤에서 시험을 종료할까 하는데요."

"그럼 등급 시험은 어떻게 되는 겁니까?"

"레드 홀 A등급에서의 시험은 통과입니다."

신혁돈은 천천히 고개를 끄덕인 뒤 말했다.

"다음 시험은 언젭니까?"

"일주일 뒤입니다."

일주일이라면 육눈수리의 차원을 청소하고 스킬 랭크 업에 필요한 모든 포인트를 모은 뒤 나갈 수 있다.

얼추 계산을 해본 신혁돈이 말했다.

"그럼 먼저 나가십시오."

"예?"

"도시락이 도망가서 좀 찾고 나가야겠습니다."

지금까지 그래왔듯 얼토당토않은 이야기였다. 하지만 사람이 반박할 수 없게 만드는 화법.

자기가 테이밍한 괴물을 찾겠다는데 뭐라 하겠는가.

간수호가 미간을 찌푸리고 있는 사이 고정훈이 다가왔다.

"지금은 그런 오기를 부릴 때가 아닙니다. 레드 홀 A등급 패턴 몬스터예요. 까딱하면 죽습니다."

"예, 그러니까 나가십시오."

말을 마친 신혁돈은 두 사람을 두고 레스팅 포인트를 향해 걸어갔다.

고정훈은 열 받은 얼굴로 신혁돈을 따라갔지만 간수호는 그 자리에 남아 관자놀이를 주물렀다.

*　　　*　　　*

레스팅 포인트에 있던 이들은 신혁돈과 눈이 마주치자 자기들이 부끄러워하며 눈을 피했다.

신혁돈은 거침없이 들어가 자신의 짐을 챙겨 들었다.

그때 뒤따라온 고정훈이 말했다.

"이러는 이유가 뭡니까?"

신혁돈이 코를 찡그렸다. 그러자 고정훈이 말을 이었다.

"뭔가 원하는 게 있으니까 이럴 거 아닙니까."

결국 신혁돈이 웃음을 터뜨렸다.

고정훈은 신혁돈이 원하는 게 있으니 깽판을 부린다 생각하는 것이다.

"도시락 찾아야 된다니까!"

"그게 말이 됩니까? 패턴 몬스터가 나타났다고! A급 패턴 몬스터가!"

고정훈의 목소리는 고함에 가까웠고, 주변이 술렁였다.

그럼에도 신혁돈은 덤덤한 목소리로 받았다.

"그래, 당신은 무서운 괴물이 나타났으니 자기 목숨을 챙기자는 거잖아? 나는 그 무서운 괴물에게서 내 도시락을 지켜야겠다고."

고정훈이 허탈한 한숨을 내쉬자 신혁돈이 말을 덧붙였다.

"누가 같이 가달래?"

얼굴이 붉어진 고정훈에 비해 신혁돈은 여유로웠다.

"마이더스는 빠진다."

고정훈의 선언에 마이더스 인원이 안도의 한숨을 쉬었다.

그들 또한 2등급 최상위 각성자들.

알려진 패턴 몬스터를 잡는 것은 두렵지 않지만 단 하나의 정보도 없는 패턴 몬스터를 잡는 것은 꺼려졌다.

무슨 능력이 있는지 모르기에 아무리 대비를 하고 있어도 목숨을 잃을 수 있었다. 게다가 상대는 하늘을 나는 괴물.

만약에 하늘에서 공중 공격이라도 퍼붓는다면 공격대가 전멸할 수도 있었다.

그때 간수호가 숲에서 나오며 말했다.

"더 가드는 함께합니다."

고정훈의 고개가 뺨이라도 맞은 듯 돌아갔다.

그리곤 화등잔만 해진 눈으로 물었다.

"더 가드가 왜 남습니까?"

"그럼 신혁돈 씨 혼자 두고 갑니까?"

간수호의 퉁명스러운 대답에 고정훈은 입술을 씹었다. 그 사이 간수호가 더 가드 인원들과 하나씩 눈을 맞추며 말했다.

"그렇다고 강제하진 않습니다. 고정훈 심사 위원의 말대로 레드 홀 A등급 패턴 몬스터는 위험한 몬스터이기 때문에 자원하는 사람만 받겠습니다."

그때 길드원 하나가 손을 들고 물었다.

"왜… 남아야 하는 겁니까?"

간수호는 당연히 나올 거라 생각한 질문이었는지 1초의 망설임도 없이 대답했다.

"우리는 더 가드입니다. 어떤 상황이든 대상이 누구든 지켜야 하는 게 우리 더 가드의 신조이자 설립 이념입니다."

간수호는 자신의 말이 마음에 들었는지 눈을 반짝이고 있었다.

그때 조용히 듣고 있던 신혁돈이 한마디 뱉었다.

"당신, 호구야?"

"…예?"

"더 가드는 개뿔, 그러다 사람이라도 죽으면 누가 책임지는데? 내가? 아니면 당신네 길드가?"

신혁돈이 반발할 것이라고는 생각도 못 한 간수호가 멍하니 입을 벌렸다.

그러자 백연희가 치고 나왔다.

"듣자 듣자 하니까, 간 심사 위원님께선 당신 지키자고 하는 소린데 말을 그따위로밖에 못해요?"

"누가 지켜 달래?"

사방이 정적에 휩싸였다.

잠깐 사이 수많은 시선이 오갔다. 대부분이 신혁돈과 간수호, 그리고 고정훈을 향한 시선이었다.

아무도 말을 하지 않자 신혁돈이 말했다.

"너희 마음대로 하세요."

그리곤 어둠이 내린 숲으로 걸어 들어갔다.

*　　　*　　　*

신혁돈이 떠나자 고정훈은 박수를 쳐서 자신에게 시선을 집중시켰다.

"자, 저런 미친 사람 신경 쓰지 말고 나갑시다. 여긴 위험합니다."

마이더스 소속 사람들은 짐을 챙겼고, 덩달아 더 가드의 인원도 짐을 챙겼다.

멍하니 있는 간수호를 대신해 백연희가 인원들을 통솔해 차원문을 나갈 준비를 마쳤다.

그사이 모든 정리를 끝낸 고정훈이 다가와 말했다.

"심사 위원님, 가시죠."

"아뇨, 전 남겠습니다."

고정훈이 긴 한숨을 내쉬었다.

"아까 그 사람이 말하는 거 들으셨잖습니까. 도와준다고 해도 고마워하기는커녕 보따리를 내놓으라고 할 사람이입니다. 그냥 나가시죠."

간수호는 고개를 저었다.

"그래도 혼자 두고 갈 수는 없습니다. 나머지 분들은 모두 나가서도 좋습니다. 전 그 사람을 데리고 나가겠습니다."

몇 번 더 설득해 본 고정훈은 고개를 휘휘 저었다.

간수호 또한 신혁돈과 똑같은 부류였다. 자신이 한다고 말한 것은 죽어도 지키는 사람.

말이 통하지 않는 것을 느낀 고정훈이 말했다.

"알겠습니다. 그럼 살아서 만나길 바라겠습니다."

"예, 일주일 뒤 시험 날 뵙죠."

더 가드 길드원들 또한 간수호에게 인사를 하고선 마이더스와 함께 길드를 나섰다.

"간 심사 위원님."

마지막까지 남아 있던 백연희가 입을 열었다.

"이제 심사도 끝났으니 그냥 선배라 부르십시오. 연희 씨는 왜 안 나갔습니까?"

"첫째는 신혁돈, 그 남자에게 궁금증이 생겨서고, 둘째는
제 목숨하고 간 선배 목숨 하나쯤은 어떤 상황에서도 지킬
능력이 있거든요."

간수호의 고개가 모로 꺾였다.

"무슨 능력입니까?"

"블링크요. 하루 다섯 번밖에 못 쓰긴 하지만 그걸로 충분
하죠."

순간이동의 일종으로 단거리를 단숨에 이동하는 스킬이다.
단거리라고 해도 100m가량은 순간적으로 이동할 수 있었기
에 충분히 믿고 목숨을 맡길 수 있는 스킬이다.

"궁금증이… 뭔지 물어봐도 됩니까?"

"아뇨."

간수호가 그럴 줄 알았다는 듯 고개를 끄덕였다.

백연희는 처음부터 남을 생각이었는지 동료들에게 받은 식
량이 가득 든 가방 두 개를 들었다. 그리곤 하나를 간수호에
게 건네며 말했다.

"그럼 가보죠."

*   *   *

"콰우우!"

검은 피부에 쭈글쭈글한 피부, 그 아래로 꿈틀거리는 근육이 징그럽다 못해 기괴한 괴물이 미쳐 날뛰고 있었다.

곰의 것과 비슷하게 생긴 앞발이 휘둘러질 때마다 두세 마리의 육눈수리가 터져 나갔다.

육눈수리의 장점인 공중전 또한 상대가 되지 않았다.

어글리 베어 폼을 한 괴물 신혁돈은 오랜만에 제 힘 모두를 발휘하는 것에 취해 있었다.

더 이상 눈치를 볼 필요도, 힘을 숨길 필요도 없었다.

"크아아아!"

신혁돈은 마음껏 포효하고 육눈수리를 찢어 죽이는 것에 가슴이 뻥 뚫리는 것을 느꼈다.

수백 마리는 될 법한 육눈수리와의 전투에서 승리한 신혁돈은 다시 한 번 포효했다.

[잠식 진행률 : 55%……]

정신의 벗이 성장하고, 어글리 베어의 정신을 찍은 효과는 확실했다. 거의 10분이 넘게 변신했음에도 불구하고 잠식의 진행률이 50%를 갓 넘기고 있었다.

"후우……."

몬스터 폼을 해제하고 에르그 기관과 에르그 코어를 흡수
한 신혁돈이 호흡을 정리했다.

[육눈수리]
―육눈수리의 육체(Rank B, Rare, Active)
―육눈수리의 정신(Rank B, Rare, Passive)
분배 가능 포인트 : 12

두 길드가 나가고 신혁돈이 홀로 사냥을 시작한 지 사흘이
지났다.

신혁돈은 미친 듯이 사냥했고, 거의 700마리에 달하는 육
눈수리를 사냥할 수 있었다. 잠도 제대로 자지 않고 잠식을
사용해 가며 사냥한 결과였다. 그 덕에 육눈수리의 육체와 정
신을 B랭크까지 찍을 수 있었다.

육눈수리 스킬창을 끈 신혁돈의 시선이 산 정상의 봉우리
로 향했다.

'저기만 남은 건가.'

차원석과 보스 몬스터가 있는 봉우리를 빼고는 모든 지역
을 돌아다니며 사냥했지만 패턴 몬스터는 발견하지 못했다.

즉 패턴 몬스터와 보스 몬스터가 같이 있거나 패턴 보스
몬스터라는 패턴을 가지고 있을 수도 있다는 소리.

'고민이군.'

육눈수리야 얼마나 많은 수가 모여 있던 상관없었다.

문제는 패턴 몬스터.

신체 강화 계열의 패턴 몬스터라면 외형을 보는 것만으로도 판단할 수 있었다.

하지만 저번에 만난 녀석은 이능 계열의 패턴 몬스터.

어떤 이능을 사용할지 모르는 상황에 모두를 상대하는 것은 자살 행위였다.

"쯧."

윤태수와 떨거지들은 아직 전투에 도움이 되지 않는 상황.

'일단 패턴만 파악한다.'

차원문 자체를 포기할 생각은 없었다.

일단 어떤 이능을 사용하는지, 또 보스 몬스터는 어떤 녀석인지를 파악한 뒤 방법을 강구해 돌아올 것이다.

그때,

까악!

하늘을 활강하던 도시락이 날카롭게 울며 신혁돈의 팔로 날아들었다.

그리곤 몇 번 더 까악거리며 부리로 숲을 가리켰다.

"누가 있어?"

깍! 깍!

신혁돈의 미간이 찌푸려졌다.

'추적대?'

고개를 저었다. 저번 삶에서 신혁돈을 괴롭혔던 존재들이지 이번 삶에서는 추적대가 있을 리 없었다.

그렇다면 구조대?

만약 구조대라면 일이 귀찮아진다.

'쫓아버려야겠군.'

[잠식 진행률 22%……]

아직 잠식이 끝나지 않은 상황.

신혁돈은 일단 숲으로 몸을 숨겼다.

얼마 지나지 않아 한 쌍의 남녀가 공터로 들어섰다.

방금까지 신혁돈과 육눈수리의 전투가 있던 곳으로 육눈수리의 시체가 사방에 흩뿌려져 있다.

백연희가 미간을 찌푸리며 말했다.

"이것도 신혁돈 그 사람의 짓일까요?"

"이걸 보시겠습니까?"

간수호가 육눈수리의 시체 하나를 집어 들었다.

"이 상처를 보시면 엄청난 힘으로 찢은 걸로 보입니다."

"그러네요. 양쪽에서 잡아 뜯은 것 같아요."

"예, 그 사람이 사용하는 무기는 워해머죠. 워해머로는 이런 상처를 낼 수 없어요."

"그렇다는 건……."

"육눈수리 수백 마리를 가지고 놀 수 있는 몬스터 한 마리가 더 있다는 거겠죠."

백연희가 주변을 둘러보았다.

방금까지 아무렇지 않던 숲이 괜히 스산하게 느껴졌다.

그 순간, 숲에 몸을 숨긴 채 잠식이 끝나길 기다리던 신혁돈이 몸을 일으켰다.

'저것들이 왜 여기에?'

잠시 고민하던 신혁돈은 고개를 저었다.

'그냥 쫓아버려야겠군.'

신혁돈이 어글리 베어 몬스터 폼을 발동시켰다.

"콰아아!"

변신을 마친 신혁돈은 포효와 함께 공터로 뛰어들었다.

"저, 저놈입니다!"

"일어나라!"

두 사람의 동공에 어글리 베어의 모습을 한 신혁돈이 가득 찼다.

당황한 간수호와 다르게 백연희는 차분한 눈길로 주문을

외웠다. 그 순간 신혁돈의 발밑에서 불기둥이 피어올랐다.

화르륵!

간발의 차이로 불길을 피한 신혁돈은 두 사람에게 달려들었다. 그사이 정신을 차린 간수호 또한 검을 뽑아 들고 백연희의 앞을 막아섰다.

쾅!

신혁돈의 앞발과 간수호의 검이 부딪친 순간 엄청난 소리와 함께 간수호가 뒤로 물러섰다.

신혁돈이 두 번째 공격을 이어가려는 때.

"휘몰아쳐라!"

거대한 불의 바람이 신혁돈에게로 쏟아졌다.

신혁돈이 재빨리 뒤로 물러서자 간수호가 말했다.

"도망치죠."

"예?"

그 순간 간수호가 백연희의 허리춤을 낚아채곤 냅다 달리기 시작했다.

"크아!"

신혁돈은 그들을 놓치지 않겠다는 듯 포효와 함께 간수호의 등을 노렸다.

"엎드려요!"

신혁돈의 앞발이 간수호를 후려치려는 순간 백연희가 외치자 간수호가 엎드렸다.

"터져라!"

쾅!

그와 동시에 신혁돈의 눈앞에서 불의 구가 폭발했다.

"쿠어어!"

신혁돈은 고통스러운 포효와 함께 뒤로 물러섰다. 기회를 잡은 백연희가 재빨리 몸을 일으키며 주문을 외우려는 순간, 간수호가 그녀의 뒷목을 잡아챘다.

"도망치라고!"

백연희가 고통스러워하는 몬스터와 간수호를 번갈아보았다. 그리곤 주문을 외웠다.

"블링크!"

                  *   *   *

"헉… 헉……."

두 사람은 거친 숨을 몰아쉬었다. 어느 정도 호흡이 진정되자 백연희가 물었다.

"왜 도망치라 하신 거예요? 잡을 수 있을 것 같았는데."

"그놈, 그렇게 공격을 당했는데도 털끝 하나 타지 않았습니다."

"분명 고통스러워했는데요?"

백연희는 2등급 최상위의 능력자.

게다가 메이지 계열에서도 최상위급 공격력을 자랑하는 불을 다루는 각성자였다.

"그럼 더 문제죠. 회복 속도가 그만큼 된다는 소리니까."

백연희가 입술을 깨물었다. 만약 간수호가 아니었다면 만용을 부리다 목숨을 잃을 수도 있었다.

"감사합니다."

"아뇨, 맨 처음에 불기둥으로 시선을 끌어주지 않았다면 저도 죽었을 겁니다. 감사합니다."

백연희는 고개를 한 번 끄덕이곤 주변을 둘러보았다.

그사이 간수호가 일어서며 말했다.

"급이 달라요. 적어도 A등급에 있을 몬스터는 아닙니다."

"그럼… 어떡하죠?"

"최대한 빨리 신혁돈 씨를 구해서 나갑시다."

사그락.

그때 나뭇잎이 바스러지는 소리가 들렸다.

"뭉쳐라!"

챙!

순식간에 어른 머리만 한 불덩이가 생겨나고 간수호가 검을 겨누었다.

"누가 누굴 구합니까?"

나타난 것은 신혁돈이었다.

신혁돈이 자신의 얼굴 근처에 겨누어져 있는 검 끝을 손가락으로 밀며 말했다.

"불덩이도 좀 치워주시죠."

"맙소사! 혁돈 씨!"

간수호는 전쟁에서 돌아온 연인을 반기는 사람 같은 표정을 지었다.

신혁돈이 미간을 찌푸리며 말했다.

"여기서 뭐 합니까?"

"어서 돌아갑시다. 당장! 엄청난 괴물이 있습니다. 지금 혁돈 씨가 봤다는 괴물이 문제가 아닙니다. 정말… 엄청난 괴물이 있습니다!"

간수호는 눈을 동그랗게 뜨고선 자신이 본 괴물의 무위에 대해 열심히 설명했다. 몬스터 폼으로 변신한 후 거울을 본적이 없어 자신이 모르던 부분까지도 자세히 묘사했다.

그 짧은 순간 어떻게 본 것인지 생각하던 신혁돈이 피식 웃음을 터뜨렸다.

"왜 웃으십니까?"

신혁돈은 굳이 대답하지 않았다.

그러자 백연희가 심각한 표정을 지으며 신혁돈을 바라보

았다.

"와, 설마……."

백연희가 나무 둔치에 주저앉으며 말을 이었다.

"맙소사, 당신은 알고 있었군요, 그 괴물이 있다는 사실을? 그래서 저희를 내보내고 당신 홀로 사냥하려고……."

자신의 정체를 들킨 줄 알고 순간 긴장한 신혁돈의 얼굴이 구겨졌다.

신혁돈이 인상을 찌푸리는 것을 본 백연희가 말을 이었다.

"저희가 위험해질까 봐 혼자 사냥을 택하신 건가요?"

"뭐?"

"두 길드가 있으면 새로 나타난 괴물을 잡기 위해 싸우겠죠. 이유를 밝혀내기 위해서, 혹은 새로운 괴물에 대한 정보는 돈이 되니까요."

백연희는 한 템포 쉰 뒤 말을 이었다.

"당신은 두 길드의 분란을 막고… 육눈수리의 차원에 나타난 다른 괴물에 정체에 대해 파악하기 위해 우리를 내보낸 건가요?"

도대체 사고 회로가 어떻게 되어먹은 건지 이해가 되질 않았다.

"아니… 도대체 어떻게 생각하면 그런 결론이 나오지?"

백연희는 확고한 눈빛으로 신혁돈을 바라보며 말했다.

"지극히 타당한 추론인데요."

어느새 간수호 또한 백연희의 논리에 설득되었는지 눈을 빛내고 있었다.

"무슨, 더 가드는 또라이 집단인가?"

신혁돈 또한 자기만의 세계가 있는 사람이었지만 이들은 좀 심했다. 그런 말을 듣고도 따라온 간수호나 자기 마음대로 추리해 버리는 백연희나 이해가 되질 않았다.

그런 와중에 백연희가 말을 이었다.

"아뇨, 저희는 엘리트 집단이죠."

오, 맙소사!

신혁돈은 결국 손바닥으로 눈을 덮었다.

그러자 간수호가 물었다.

"당신이 강한 건 알고 있습니다. 하지만 아무리 강하다 해도 어떻게 그런 생각을 할 수 있죠?"

"…미치겠군."

순수하다 해야 할지 멍청하다 해야 할지 감이 잡히질 않았다.

"아니……."

아예 쌍욕을 퍼부으려던 신혁돈의 머릿속에 한 폭의 그림이 그려졌다. 만약 이 둘을 이용해 패턴 몬스터건 보스 몬스터건 시선을 끌 수 있다면?

차원문 클리어가 가능해진다.

신혁돈은 고민에 빠졌다.

두 혹을 붙이고서라도 클리어할 것인가, 아니면 준비를 한 뒤 다시 올 것인가.

신혁돈이 고민하는 사이 두 사람은 몇 번 눈빛을 주고받더니 신혁돈에게 다가와 말했다.

"저희가 돕겠습니다."

가능성이 생겼다.

그런데 도전도 하지 않고 포기하는 것은 신혁돈의 성미에 맞지 않는다.

신혁돈은 천천히 고개를 끄덕였다.

"그럼… 그렇게 하죠."

두 사람은 드디어 큰일을 해냈다는 듯 눈빛을 빛냈다.

"제 목표는 차원석 파괴입니다."

"그 괴물을 잡는 게 아니라요?"

"예."

굳이 괴물을 잡을 필요 없이 차원석을 봉인하면 위험은 사라진다. 굳이 강한 괴물과 마주치는 것보다 그편이 더 나을 것 같았다.

백연희는 잠시 고민하는 듯했지만 고개를 끄덕였다.

"그럼 바로 보스 몬스터를 잡으러 가실 건가요?"

"예."

신혁돈이 산봉우리를 가리켰다.

"지난 사흘간 관찰한 결과 보스 몬스터는 저 봉우리 너머에 있습니다. 그리고… 전에 본 패턴 몬스터도 함께 있을 가능성이 높습니다."

가만히 듣고 있던 간수호가 말했다.

"저희 셋이 잡을 수 있겠습니까?"

"예."

단호한 대답에 간수호가 코끝을 긁으며 물었다.

"어떻게 말입니까?"

"그건 올라가서 설명 드리죠."

*　　　　*　　　　*

산봉우리에 오르자 거대한 봉우리에 둘러싸인 넓은 분지가 한눈에 들어왔다.

"엄청 크네요."

분지 한가운데에는 큰 둥지가 있고 세 마리의 패턴 육눈수리가 잠을 자고 있었다.

나무에 기대 한참 동안 분지를 살피던 신혁돈이 말했다.

"저 세 마리가 보스군요."

"어떻게 아시죠?"

저번 삶에서 이런 상황을 본 적이 있기에 빠르게 유추해 낼 수 있었다.

"보스 몬스터의 시체를 패턴 몬스터 셋이 나눠 먹었을 겁니다. 그렇게 셋이 패턴 몬스터인 동시에 보스 몬스터가 된 거죠."

신혁돈의 말에 고개를 끄덕이던 간수호가 고개를 돌리며 물었다.

"그걸 어떻게 아십니까?"

"책에서 봤습니다."

"책 제목이······?"

"기억 안 납니다."

간수호는 미간을 찌푸렸지만 더 물을 수도 없어 다시 고개를 돌렸다.

"흠."

신혁돈은 패턴 육눈수리들을 살피다 이상한 것을 발견했다.

"세 마리 모두 같은 위치에 상처가 있습니다."

오른 발에 무언가에 긁힌 상처가 있었다.

"그러게 말입니다. 모양부터 위치까지 똑같군요."

"저게 뭘까요?"

위치와 생김새를 볼 때 신혁돈이 낸 상처가 분명했다.

세 마리의 패턴 육눈수리를 자세히 살피던 신혁돈이 말했다.

"스피릿 링크."

"예?"

"말 그대로 영혼의 연결입니다. 세 마리가 생명력을 공유한다 생각하면 쉽습니다. 한 마리가 상처를 입으면 다른 놈들도 똑같이 상처를 입죠."

"그것도 책에서 본 겁니까?"

"예, 그리고 스피릿 링크 패턴의 괴물들은 회복력이 굉장합니다. 혹시 디버프 스킬 있습니까?"

"전 없습니다."

"화상을 입힐 순 있어요."

"화상이면 충분합니다."

화상과 '고통스러운 상처' 스킬이라면 회복을 막으며 빠르게 잡을 수 있을 것이다.

신혁돈이 주변 지형을 살핀 뒤 말했다.

"백연희 씨, 이동 마법 있습니까?"

"예, 블링크를 사용할 줄 알아요."

고개를 끄덕인 신혁돈이 두 사람을 번갈아본 뒤 말했다.

"작전은 이렇습니다."

＊　　　　＊　　　　＊

봉우리 위에 선 백연희가 비장한 얼굴로 손을 머리 위로 들어 올렸다.

"피어나라!"

그러자 백연희의 머리 위에서 불덩이가 피어났다. 어른 손바닥만 하던 불덩이는 계속해서 덩치를 키우더니 지름이 1m 정도 되자 성장을 멈추었다.

"날아가라!"

백연희가 공을 던지듯 손짓하자 거대한 불덩이가 패턴 육눈수리들을 향해 쏘아졌다.

"까악!"

빠르게 날아오는 불덩이를 발견한 패턴 육눈수리들이 하늘로 날아올랐다.

"터져라!"

패턴 육눈수리들이 불덩이의 범위를 완전히 빗나가기 직전 백연희의 외침에 불덩이가 폭발했다.

퍼엉!

깍깍!

불의의 기습을 당한 패턴 육눈수리들이 백연희에게 날아들었다.

그 순간,

"블링크!"

패턴 육눈수리들이 사라져 버린 백연희를 찾기 위해 두리 번거릴 때, 다시 한 번 불덩이가 날아들었다.

까악!

패턴 육눈수리들은 여섯 개의 눈을 부라리며 불덩이가 날아온 곳을 향해 쏘아갔다.

또다시 블링크, 그리고 불덩이.

똑같은 것을 두 번 반복하자 패턴 육눈수리 세 마리를 둥지에서 멀리 떨어진 공터까지 유인해 낼 수 있었다.

패턴 육눈수리 세 마리가 공터 한가운데에 서 있는 백연희를 향해 쏘아진 순간,

"지금!"

신혁돈과 간수호가 나무에서 뛰어내렸다.

패턴 육눈수리의 등에 올라탄 신혁돈은 어글리 베어의 인간 폼을 발동시킴과 동시에 날갯죽지를 내려찍었다.

쾅!

깍!

간수호 또한 검을 역수로 쥐고 날갯죽지에 찔러 넣었다.

검과 워해머에 난타당한 것은 한 마리였지만 세 마리 전부 고통스러워하며 날개를 펴지 못했다. 생명력뿐만 아니라 상처까지 공유하는 스피릿 링크의 단점을 역이용한 것이다.

순식간에 날개를 못 쓰게 된 육눈수리들이 크게 포효하며

발톱을 휘둘렀지만 신혁돈과 간수호의 움직임이 더 빨랐다.

"됐군."

날지 못하는 육눈수리는 물 밖으로 나온 물고기와 다름없었다.

패턴 육눈수리들은 부리로 찍고 발톱을 휘두르며 반항했지만 눈먼 공격을 맞아줄 신혁돈이 아니었다.

신혁돈은 부리와 발톱을 간단히 피하며 위해머를 휘둘렀다.

간수호 또한 실력을 발휘하며 검을 휘둘렀고, 어느새 체력을 회복한 백연희도 가세했다.

신혁돈과 간수호가 상처를 입히면 회복되지 않도록 백연희가 불로 지졌다. 사이사이 신혁돈의 고통스러운 상처가 발동되자 패턴 육눈수리들은 버티지 못하고 쓰러졌다.

까악!

쿵!

마치 세 마리가 약속이라도 한 듯이 동시에 쓰러졌다.

"이게 가능하다니……."

"세 사람으로 보스 몬스터, 그것도 패턴 보스 몬스터를 사냥하다니, 저희 정말 대단한 거 같아요!"

"아니, 혁돈 씨가 대단한 겁니다. 보는 순간 작전을 생각해내고 방금 전투에서도 가장 큰 활약을 했으니까요."

두 사람이 자신들의 실력에 감탄하고 신혁돈을 비행기 태우는 사이 신혁돈은 위해머를 바르쥐고 패턴 육눈수리들의 시체로 걸어갔다. 그러고는 패턴 육눈수리의 머리를 몇 번 내려쳐 확인 사살을 했다.

"철저하네."

"그러게요. 가만히 둬도 죽을 텐데요."

확인 사살이 끝나자 에르그 코어 세 개가 떠올랐고, 신혁돈은 자연스럽게 하나를 흡수했다. 두 사람의 에르그 코어 흡수가 끝나자 신혁돈이 말했다.

"이제 차원석을 찾으러 갑시다."

"그러죠."

두 사람을 먼저 보낸 신혁돈은 남아서 에르그 기관을 섭취했다. 과연 스킬이 생긴다면 어떤 스킬이 생길지, 만약 스피릿 링크가 그대로 적용된다면 어떤 식으로 변할지에 대한 기대감이 들었다.

세 개의 에르그 기관을 모두 씹어 삼키자 스킬이 생겼다.

신혁돈은 입꼬리를 올리며 스킬을 확인했다.

스피릿 링크[Rank F, Passive, Rare]

─두 괴물의 능력을 동시에 발현할 수 있습니다.

─잠식의 속도가 빨라집니다.

─스킬의 랭크가 올라갈수록 잠식의 속도가 늦춰집니다.

―스킬의 랭크가 올라갈수록 동시에 발현 가능한 능력의 수가 많아집니다.

신혁돈에게 딱 필요한 스킬이었다.

"아주 좋아."

저번 삶, 신혁돈을 무적으로 만들어주었던 '고르곤'과 '발로그', 그리고 '메두사'의 힘을 다시 얻는다면 스피릿 링크를 통해 한 번에 발동시킬 수 있게 된다.

만족스러운 미소를 지은 신혁돈이 입가를 닦고 두 사람의 뒤를 따랐다.

곧 차원석을 발견한 간수호가 신혁돈과 백연희를 불렀다.

"진짜 끝이네요."

"그럼 다음 시험 때 뵙겠습니다."

"그러죠."

"그런데 그… 도시락은 데리고 나가실 겁니까?"

간수호가 신혁돈의 어깨에 올라가 있는 육눈수리를 보고 말했다.

"예."

"그… 조심하셔야 할 겁니다."

"알겠습니다."

간단한 인사를 마친 세 사람은 차원석을 부수고 에르그 코어를 나누어 흡수했다. 그리곤 차원문을 나섰다.

*　　　　*　　　　*

그 시각 마이더스 길드 빌딩.

최태성의 방.

고정훈은 고개를 숙이고 있고 최태성은 담배를 물고 있었다.

"정훈 씨, 아니, 정훈이 형."

"예."

"요즘 그 신혁돈이라는 사람 얘기로 떠들썩하더라고요. 길드들도 그렇고 관리국도 그렇고."

"예."

"가3등급을 받은 최초의 사나이라… 더 가드에서도 붙었다면서요?"

"예."

"그럼 그 사람을 놓치면 안 되죠."

"…어쩔 수 없는 상황이었습니다. A급 패턴 몬스터가 등장한지라……."

"알죠. 저도 눈이 있고 한글을 배워서 보고서 정도는 읽을 줄 알거든요. 그런데 더 가드 쪽 사람은 남겠다고 했다면서요?

"예."

"왜 그렇게 안 했어요?"

"……."

최태성은 재떨이를 끌어와 담배를 털며 말을 이었다.

"무서웠어요? 형이 죽을까봐? 아니면 길드원들이 죽을까봐?"

"예."

최태성은 말없이 담배를 비벼 껐다. 그리곤 담배 한 대를 더 물며 말했다.

"다음 심사 끝날 때까지 시간 드릴게요. 길드 가입시켜서 제 앞으로 데려오세요."

"그건……."

"왜요? 안 돼요?"

"아뇨. 그렇게 하겠습니다."

"그렇게 알고 있을 테니 나가보세요."

고정훈은 고개를 끄덕인 뒤 자리에서 일어나 인사했다.

고정훈보다 열 살은 어린 최태성은 소파에 기댄 채로 고개를 까딱이는 것으로 인사를 대신했다.

"다음에는 꼭 웃는 얼굴로 봅시다."

제6장

백종화를 얻다

최태성의 사무실을 빠져나와 자신의 차에 오른 고정훈은 양손으로 얼굴을 문질렀다.

"젠장."

원래 저런 놈이 아니었는데…….

'아니, 원래 저런 놈이었는데 이제 본색을 드러낸 걸 수도.'

각성을 하기 전 고정훈은 건달이었다.

나름 서울 한 축을 차치하고 있는 조직의 중간 간부였고, 차원문이 등장하며 세상이 뒤집혀도 그의 생활은 달라지지 않았다.

오히려 각성을 하며 졸부가 된 이들이 유흥에 많은 돈을 쓰기 시작하면서 고정훈의 주머니 또한 두둑해졌다.

그러던 어느 날 최태성을 만났다.

최태성은 자신의 손을 더럽히지 않고 뒤에서 일을 해결해 줄 사람을 필요로 했고, 고정훈은 인맥이 필요했다.

그런 이유로 손을 잡은 두 사람의 동맹은 지금과 같은 수직 관계가 아닌 수평적인 관계였다.

하지만 고정훈이 각성을 하게 되며 이야기가 달라졌다.

당시 마이더스 소속이던 최태성은 빠른 성장으로 인해 길드의 전폭적인 지원을 받고 있었기에 사람 하나쯤 가입시키는 것은 일도 아니었다.

최태성의 힘으로 길드에 가입하게 된 고정훈은 최태성이 시키는 모든 일을 군말 없이 처리했다.

그 대가로 고정훈 또한 각성자로서 빠른 성장을 할 수 있었기에 별다른 불만을 갖지 않았다.

'거기서부터 잘못됐지.'

최태성의 요구로 사람 하나를 협박하던 도중 그 사람이 죽어버렸다.

그 자리에 있던 것은 영상을 녹화하고 있던 최태성과 고정훈.

고정훈은 영상을 지워 달라 했지만 최태성은 영상을 지우

지 않은 채 보관했고, 그때부터 시작되었다.

최태성의 갑질이.

"개 같은 새끼……."

전부 최태성이 시킨 것이었지만 입증할 수 있는 증거가 없었다.

그 이후로 최태성은 고정훈을 자신의 오른팔로 사용하며 자신의 입맛대로 길드를 꾸려갔다.

스카우터가 된 고정훈을 통해 자신이 입맛에 맞는 이들을 길드에 들여 자신의 아래로 데려갔고, 마음에 들지 않는 사람은 고정훈을 통해 치웠다.

그래도 어쩔 수 없었다. 최태성의 기분이 틀어져 영상을 공개하는 순간 고정훈은 각성자를 살인한 사람이 될 것이고, 일반 살인보다 더욱 큰 형벌을 받게 될 것이다.

쾅! 쾅!

몇 번이나 핸들을 후려친 고정훈은 긴 한숨을 내쉬었다.

"후우……."

몇 번의 심호흡으로 안정을 취한 고정훈은 차에 시동을 걸었다.

더러워도 자신이 살기 위해서는 어쩔 수 없었다.

*　　　*　　　*

"인사해라. 도시락이다."

까악!

신혁돈이 팔을 뻗자 그의 어깨에 있던 육눈수리가 미래흥신소 한가운데 있는 테이블로 날아갔다.

"으아악!"

그러자 테이블에 모여 있던 윤태수와 떨거지들이 혼비백산하며 사방으로 도망쳤다.

"혀… 형님, 그거 육눈수리!"

신혁돈이 껄껄 웃으며 손을 뻗었다. 그러자 육눈수리가 신혁돈에게로 날아와 다시 앉았다.

"며칠 안 보이신다 싶더니 어디서 그런 걸 데려오신 겁니까?"

"오는 길에 주웠다."

"미친……."

"뭐?"

"아, 아닙니다."

윤태수는 신혁돈의 어깨에 앉아 있는 도시락을 바라보며 물었다.

"저거, 안 뭅니까?"

"아직 문 사람은 없다만, 물려볼래?"

어지간한 사람 손바닥만 한 부리에 새끼손톱보다 조금 작은 이가 톱처럼 나 있다.

발톱으로 쥐고 부리로 찢기 위한 최적의 구조.

자신도 모르게 상상을 한 윤태수는 부르르 떨고선 말했다.

"사양하죠."

그러자 도시락이 휙 날아 사무실의 가장 높은 곳에 앉아 사람들을 내려다보았다.

깍!

한 번의 울음소리로 네 사람을 긴장하게 만든 도시락은 태연히 앉아 깃털을 골랐다.

윤태수를 보고 미소를 짓던 신혁돈이 소파에 앉으며 물었다.

"아이템 찾는 건 어떻게 됐냐?"

"아, 여기 파일 있습니다. 두 길드 전부 아이템 창고를 두고 있는 건 확실한데, 소재가 불분명합니다."

신혁돈이 파일을 펴며 말했다.

"계속해 봐."

"예, 두 길드의 중요 인물들이 가지고 있는 아이템을 정리한 것과 가지고 있을 것이라 예상되는 아이템 목록으로 나누어 놨습니다. 사람이 가지고 있는 거 말고 아직 사용 방법을 모르거나 계륵인 아이템은 창고에 있는 걸로 보입니다."

전부라기엔 파일이 얇았다.

"이게 전부야?"

"아뇨, 한 40% 정도입니다. 아, 형님, 궁금한 게 하나 있습니다."

"뭔데?"

"이번에 관리국에서 가3등급을 받은 사람이 나왔다는데 말입니다."

"응."

"그 사람 이름이 신혁돈이랍니다. 혹시 동명이인입니까?"

"난데?"

윤태수의 입이 벌어졌다.

"맙소사! 진짭니까?"

"거짓말해서 뭐 해?"

파일은 대강 훑어본 신혁돈이 말을 이었다.

"바벨토의 목걸이, 들어본 적 있어?"

"없는… 데요?"

"흠. 없다라……."

신혁돈이 윤태수에게 아이템 목록을 만들라 한 이유 중 가장 큰 게 바벨토의 목걸이였다.

"바벨토의 목걸이가 뭡니까?"

"궁금해?"

"예."

바벨토의 목걸이는 성장형 아이템으로 사용자의 기척을 줄여주는 아이템이다. 물론 겉으로는 그렇지만 제대로 된 발동 조건을 알고 사용하면 전혀 다른 아이템이 된다.

발동 조건은 대상의 피를 묻히는 것.

효과는 '상급 저주'.

신혁돈이 당해본 적이 있어 누구보다 잘 알고 있는 아이템이다.

그때 신혁돈은 말 그대로 아무것도 하지 못했다.

눈을 뜨고 있으면 자신이 죽인 괴물들과 사람들이 달려들어 신혁돈의 사지를 찢어놓았고, 눈을 감으면 세상의 모든 어둠이 일어서 신혁돈의 온몸을 찔러댔다.

으드득!

그때 생각에 이를 간 신혁돈이 말했다.

"어디 있는지 알아오면 알려주지."

윤태수의 눈이 반짝였다.

"어느 길드에 있는지만 알아내면 되는 겁니까? 아니면 보유한 사람까지?"

"네 능력껏."

윤태수가 고개를 끄덕였다.

"그건 그렇고, 형님 이야기로 아주 난리입니다."

"알고 있어."

신혁돈이 노린 것이 그것이었다.

모두의 시선을 자신에게 집중시키는 것. 지금까지는 완벽하게 신혁돈의 계획대로 흘러가고 있었다.

"제가 볼 때 형님이 아무 이유 없이 난리를 일으키진 않았을 거라 생각합니다."

"그래서?"

"그래서 이유를 생각해 봤는데… 형님은 아주 큰 건을 준비 중이신 것 같습니다. 예를 들면… 길드 하나를 털어먹는다거나."

말을 마친 윤태수가 신혁돈의 눈을 바라보았다. 신혁돈은 아무런 기색 없이 윤태수를 바라보고 있을 뿐이다.

"더 말해봐."

"그건 아마… 마이더스, 혹은 더 가드일 겁니다."

신혁돈은 대답 없이 미소를 지었다.

제일 중요한 것 한 가지가 빠져 있긴 하지만 아주 비슷했다.

신혁돈이 더 가드, 혹은 마이더스와 어깨를 견주기 위해서는 세력이 필요하다.

그것을 만들기 위한 기반은 돈과 사람.

신혁돈이 이번 기회에 얻으려는 것이 이 두 가지였다.

"태수야."

"예, 형님."

"네가 세계 최고의 정보상이 되려면 가장 먼저 필요한 게 뭐라고 생각하냐?"

윤태수는 미리 생각하고 있던 게 있는지 바로 대답했다.

"일단 인력이죠. 믿고 등을 맡길 수 있는 사람. 그다음까지 꼽자면 시간입니다."

"돈은?"

"돈이야 벌면 됩니다."

"나도 같은 생각이다. 그래서 사람 하나 데려오려고."

"…예?"

신혁돈이 자리에서 일어서며 손을 뻗었다. 그러자 하품을 하고 있던 육눈수리가 신혁돈의 어깨로 날아와 앉았다.

"그럼 내일 오마."

"예."

∗   ∗   ∗

차원문 내의 숲 속.

"하앗!"

유난히 흰 피부에 갈색 머리를 하고 있는 사내 백종화가 더블 헤드 워 울프의 공격을 피해 바닥을 굴렀다.

순식간에 머리 두개 달린 거대한 늑대와 마주한 백종화는 위험천만한 상황에서도 미소를 짓고 있었다.

"멍청한 괴물 놈."

크릉! 컹컹!

더블 헤드 워 울프가 달려든 순간.

"지금!"

백종화가 납작 엎드렸다.

"디그!"

여자의 목소리가 들린 순간, 백종화가 딛고 있던 땅이 꺼지며 백종화가 땅속으로 사라졌다.

그 순간 사방에서 화살비가 쏟아지고 중간중간 날카로운 돌이 솟아오르며 더블 헤드 워 울프를 찢어발겼다.

수초 만에 더블 헤드 워 울프가 곤죽이 되어 쓰러지고, 에르그 코어가 떠올랐다.

"됐나?"

"예."

더블 헤드 워 울프가 완전히 쓰러진 것을 확인하자 숲 속에서 한 명의 여자가 걸어 나오며 말했다.

"업."

그러자 백종화가 들어가 있던 구멍이 아래서부터 솟아올랐다.

땅을 부리는 마법이다.

성공적으로 사냥을 마쳤음에도 백종화는 짜증이 가득한 얼굴로 말했다.

"B석궁이 0.7초 늦었어."

다시 땅으로 올라온 백종화는 에르그 코어에는 관심도 주지 않고 숲으로 들어갔다. 그러고는 나무에 매어 있는 석궁을 꺼내 손보기 시작했다.

"0.7초면 1초도 안 되는데 뭐 어때요."

백종화는 고개를 휘휘 저으면서 모든 트랩을 수거했다.

총 6개의 석궁 트랩을 모두 회수한 백종화는 그제야 에르그 코어를 흡수하며 말했다.

"0.1초도 엇나가면 안 되지. 누가 설정한 건데."

"종화 씨가 했죠."

"그래, 그러니까 0.1초라도 엇나가면 안 된다는 거야."

석궁 트랩을 모두 챙긴 백종화가 말했다.

"역시 마법사가 최고인 거 같아."

"각자 역할이 있는 거죠. 종화 씨가 검과 트랩을 잘 다루니까 저 같은 마법사도 쓸모 있는 거구요."

백종화는 절레절레 고개를 젓고선 말했다.

"당신은 충분히 잘해주고 있어. 그냥 내가 밀리 계열이 아니라 메이지 계열로 각성했으면 어떨까 하는 거지."

여자는 별말 없이 고개를 끄덕였다.

그녀가 보기에도 백종화는 검보단 마법이 어울리는 사람이었다. 꽤나 뛰어난 검술 실력을 지니고 있었지만 그는 사람들과 어울리기 싫다는 이유만으로 트랩을 이용한 사냥을 했다.

그가 만든 트랩은 몇 사람 이상의 몫을 해냈고, 그 덕에 2등급 두 사람만으로도 레드 홀 D급 차원문 사냥이 가능했다.

"무슨 생각을 그렇게 해?"

"그냥… 종화 씨가 메이지였으면 훨씬 강하지 않았을까 해서요."

"꿈같은 소리지. 이미 밀리 계열로 각성했는데 무슨 수로 메이지가 되겠어?"

백종화 자신도 앞에서 몸으로 싸우는 밀리 계열보다는 적재적소에 마법을 사용해 주는 메이지 계열이 어울린다는 것은 알고 있었다.

쓸쓸한 표정을 한 백종화가 차원석을 부수고선 말했다.

"나가지."

"예."

차원석을 부수고 나선 두 사람 앞에 트레이닝복을 입고 어깨에 괴상한 독수리를 올린 사람이 서 있었다.

백종화가 눈을 흘긴 뒤 그 사람을 지나치려는 순간, 괴인이 백종화의 어깨를 쥐었다.

"뭐야?"

"백종화!"

"…날 알아?"

"반갑다."

"누구야?"

"네 형."

백종화를 발견한 신혁돈은 윤태수에게 그랬던 것처럼 백종화를 끌어안았다.

"이런 미친! 떨어져!"

"반갑다, 종화야!"

신혁돈이 해후를 나누는 사이, 갈 곳을 잃은 도시락이 하늘로 날아올랐다.

까악!

* * *

불의의 기습을 당한 백종화는 어안이 벙벙한 상태로 근처의 카페로 끌려갔다.

"여기서 제일 달달한 게 뭡니까?"

산만 한 덩치에 눈이 여섯 개 달린 새를 어깨에 올린 사내가 달달한 것을 찾자 종업원의 시선이 어지럽게 움직였다.

괴조와 사내, 그리고 옆에 선 두 명을 바라보던 종업원이 말했다.

"핫초코, 그리고 캐러멜 마키아토 있습니다."

"그거 두 개랑… 지혜 씨는 뭐 드십니까?"

지혜 씨라는 호칭에 멍하니 있던 여자 안지혜가 정신을 차리고 대답했다.

"전 아메리카노… 그런데 제 이름은 어떻게?"

신혁돈은 그저 미소 띤 얼굴을 하고 있을 뿐 대답하지 않은 채 종업원에게 말했다.

"그렇게 석 잔 주십시오."

"예."

세 사람이 테이블에 앉고 곧 음료가 나왔다.

그때까지 아무 말 않고 있던 백종화가 물었다.

"당신, 누구야?"

"신혁돈, 3등급 각성자, 그리고 너희 결혼식에서 사회 볼 사람."

"무슨 말 같지도 않은……."

"예?"

백종화와 안지혜가 서로를 바라보다가 눈을 피했다. 핫초코를 한 모금 마셔서 정신을 다잡은 백종화가 신혁돈을 훑었다.

"근육은 좋은데 손에 굳은살이 없어. 그런 망치를 들고 다니고, 3등급의 각성자라면 손에 굳은살 정도는 박여 있어야하지 않나?"

신혁돈은 미소를 흘리며 가등급으로 받은 각성자 등록증을 테이블에 올렸다.

각성자 등록증을 쓱 살핀 백종화가 의자에 기대며 말했다.

"…소문의 그 사람이었군."

"요새 소문 참 빨라."

'뭐 하는 놈이지.'

자신과 안지혜의 이름을 알고 있다. 그리고 결혼식에서 사회를 볼 사람이란다.

신혁돈에게 시선을 고정시킨 채 백종화가 생각하는 사이 신혁돈이 다리를 쩍 벌린 채 커피를 마시며 말했다.

"짱구 굴려봤자 답 안 나올 텐데?"

"우릴 찾아온 이유가 뭐지?"

"영입."

"길드 소속인가?"

"길드는 아니고… 크루 정도 되겠군."

정식으로 길드 등록을 하지 않고 고정적인 멤버들을 모아 차원문을 사냥하는 집단을 크루라고 부른다.

"3등급이면 어느 길드에 들어가도 될 텐데?"

"태생이 반골이라 누구 밑에 못 있어서 말이지."

"나도……."

백종화가 '나도 반골이라……' 하고 대답하려는 순간, 신혁돈이 말을 이었다.

"종화, 너도 반골인 거 알고 있다. 말은 영입이라 했지만 정확히 따지자면 거래를 제안하러 온 거고."

백종화가 입술을 씹었다.

하나부터 열까지 모든 주도권이 저 남자에게 넘어가 있다. 이래서는 무슨 거래를 하던 자신이 밑질 수밖에 없었다.

"관심 없다."

백종화가 자리에서 일어서려는 순간, 신혁돈이 말했다.

"메이지가 되고 싶지?"

의자의 팔걸이를 잡고 있던 팔의 힘이 풀리고 백종화가 다시 앉았다.

"어떻게?"

물음은 안지혜로부터 나왔지만 신혁돈의 시선은 백종화에게 고정되어 있었다.

"내가 메이지로 만들어주지. 대신 내 옆에서 1년만 일해라. 그 뒤는 내 뒤통수를 치든 지혜 씨랑 결혼을 해서 발리로 떠나든 자유."

시종일관 여유가 넘치는 신혁돈에 비해 백종화는 어느새

다리를 떨고 있었다.

"나에 대해 조사한 건가?"

"편할 대로 생각해라."

"조사를 했으면 알겠지. 나는 밀리 계열 각성자야. 메이지가 아니라. 그걸 바꿀 순 없고."

"누가 그래?"

백종화의 말은 정설이었다.

각성 시 가이아의 권능인 '시스템'이 부여하는 스킬은 그 사람에게 가장 어울리는 스킬이다.

때문에 각성 당시 받은 스킬로 메이지 계열인지 밀리 계열인지가 갈리는 것이다.

다른 계열의 스킬을 익히고 연마한다 한들 본래의 힘이 나오지 않고 효율적인 면에서 너무 떨어지기 때문에 다른 계열의 스킬은 익히지 않는 게 일반적이다.

하지만 백종화의 경우에는 다르다.

밀리와 메이지 계열 전부 뛰어난 적성을 가지고 있었고, 개중 조금 더 익숙한 밀리 계열이 먼저 개화된 것이다.

"3일. 그 안에 메이지로 개화시켜 주지."

백종화의 눈이 크게 뜨였다.

"그게… 가능해?"

"믿고 따르는 건 네 몫이지."

"생각… 생각할 시간을 줘."

"그러지."

신혁돈은 미래흥신소의 주소를 알려준 뒤 자리에서 일어났다.

"기다리마."

신혁돈이 먼저 카페를 나가자 백종화는 머리를 쥐고 고민에 빠졌다. 그사이 신혁돈이 나간 문과 백종화를 번갈아 보던 안지혜가 말했다.

"그 사람 말 진짜일까요?"

"내가 메이지가 될 수 있다는 거?"

"아뇨, 우리가 결혼한다는 거."

"하?"

백종화는 지금 그게 중요하느냐 물으려 고개를 들었으나 안지혜는 백종화가 아닌 신혁돈이 나간 자리를 묘한 눈초리로 바라보고 있었다.

*   *   *

신혁돈이 미래흥신소의 문을 열자 도시락이 먼저 날아들었다.

까악!

"으아!"

두 번째 방문에 익숙해졌는지 도시락은 제자리를 찾아 올라가 홰를 쳤다.

여섯 개의 붉은 눈을 가진 독수리에 익숙해지지 않은 노란 머리는 몸을 부르르 떨며 말했다.

"저, 저것 좀 어떻게 안 됩니까?"

"안 문다니까."

제 집처럼 자연스럽게 들어온 신혁돈이 소파에 앉았다.

"너희 셋, 밥이나 먹고 와라."

신혁돈의 말에 세 떨거지의 시선이 윤태수에게로 향했다. 윤태수는 신혁돈을 슥 바라본 뒤 고개를 끄덕였다.

그러자 노란머리가 일어서며 말했다.

"저희, 밥 먹고 오겠습니다."

세 사람이 나가자 윤태수가 소파로 다가오며 말했다.

"무슨 일입니까?"

"저 셋, 어디까지 믿냐?"

"입은 무거운 놈들입니다."

"네 생각 말고, 어느 선까지 믿느냐고."

"흥신소 차리기 전부터 아래 있던 놈들입니다. 특히 준영이 놈은 처음부터 업어 키운 놈이고… 나머지 놈들도 등을 맡길 정도는 됩니다."

"돈에 흔들릴 놈들은 아니고?"

"예."

"가족은?"

"셋 다 없습니다."

쯧 하고 혀를 찬 신혁돈이 창문 밖으로 시선을 던졌다.

"내가 죽일 사람이 하나 있다."

"무슨 일입니까?"

"복수."

"…저의 도움이 필요한 일입니까?"

신혁돈은 윤태수가 알고 있는 그 어떤 각성자보다 강력한 사람이다. 게다가 마음에 내키는 대로 행동하는 마이페이스의 사람.

그가 복수를 생각하고 있다는 것은 대상이 결코 쉽지 않은 상대라는 뜻.

윤태수는 조심스러워질 수밖에 없었다.

신혁돈이 자신과 떨거지들을 각성시켜 주고 패턴 차원문을 파는 데 힘을 실어주긴 했지만 그것만으로 목숨을 바칠 정도는 아니기 때문이다.

"그래."

'줄을 잡을 때인가……'

신혁돈의 복수에 동참한 뒤 완벽한 그의 신임을 얻을 것인가, 아니면 지금 상황에 모든 관계를 끊을 것인가.

확실히 신혁돈이 보여준 무위는 엄청났다. 게다가 성장하는 속도 또한 발군이다. 모든 길드가 그를 주목하고 있고, 라인만 잘 탄다면 어지간한 길드의 공격대장까지는 무리도 아닐 것이다.

선택의 기로에 선 윤태수는 빠르게 계산을 끝냈다.

"아직 두 달 안 됐잖습니까."

"뭐?"

"형님이 말하셨잖습니까."

윤태수는 자리에서 일어나 컴퓨터를 조작했다.

그러자 스피커에서 신혁돈의 목소리가 흘러나왔다.

"딱 두 달. 나한테 모든 것을 투자해라. 그 뒤로는 누구 앞에서도 고개 숙이는 일 없게 해주마."

신혁돈이 자신도 모르게 웃음을 흘렸다.

"지금 말하는 것도 녹음되고 있냐?"

"예."

"무서운 새끼."

"정보로 먹고사는 사람들은 신중, 또 신중이 필수입니다. 제가 아무런 준비도 없이 형님을 따랐겠습니까?"

신혁돈이 천천히 고개를 끄덕이자 윤태수가 말을 이었다.

"모든 것을 투자해라. 전 거기에 동의했습니다."

"그래서?"

"형님 마음대로 하십시오. 따르겠습니다."

"고맙다."

"예."

윤태수는 다시 컴퓨터를 조작해 목소리를 끈 뒤 물었다.

"지금 형님 이름을 알리고 두 길드 사이에서 왔다 갔다 하시는 것도 복수의 일환입니까?"

"그렇지."

"어떻게 복수하실 생각이십니까?"

평온하던 신혁돈의 눈에 살기가 깃들었다.

"발끝부터 머리통 속까지 천천히 죽여야지. 자기가 죽어가는 걸 알고 있음에도 저항할 수 없을 정도로 무기력하게."

순간 뒷목에 오한이 돋았다. 윤태수는 뒷목을 문지르며 질문을 수정했다.

"그 어떻게 말고… 계획을 알려주시겠습니까?"

그제야 신혁돈이 표정을 풀며 말했다.

"일단 이번 일 끝나고 말해주마."

"알겠습니다."

"조금 있으면 갈색 머리에 허여멀건 놈 하나가 찾아올 거다."

"예."

"네 형 될 사람이니까 막 대하지 말고 필요한 거 있으면 지원해 줘."

"…형? 형님 동생분입니까?"

"내 동생이자 네 형."

팔자에도 없는 형이 둘이나 생기게 된 윤태수가 혀를 찼다. 신혁돈이 자리에서 일어나며 창밖을 가리켰다.

"아, 주변에 있는 CCTV 싹 정리하고."

"형님은 어디 가십니까?"

"아직 일이 하나 남아서 그거 처리하고 오마."

"다녀오십시오."

*   *   *

오렌지 홀 F등급 차원문.

레드 홀이 초보 각성자들을 위한 곳이었다면 이곳에서부터는 실전이다.

날씨와 환경조차 각성자의 목숨을 위협하고 차원문 내 몬스터의 종류 또한 한 가지가 아닌 두 가지를 넘는 경우가 부지기수다.

게다가 패턴 몬스터 또한 패턴 차원문만큼이나 자주 나타나는 곳.

그 앞에 3등급 등급 시험을 위한 이들이 모였다.

고정훈과 간수호, 그리고 나머지 22명의 멤버까지 똑같은 구성이었으나 분위기가 전혀 달랐다.

간수호가 있는 더 가드 측은 신혁돈을 구국의 영웅인 양 바라보고 있고, 마이더스 측은 매국노 쓰레기를 보는 듯한 눈으로 보고 있었다.

"이번 등급 시험은 자이언트 엔트의 차원입니다. 붕괴까지는 15일 남은 차원이며, 등급은 오렌지 홀 F등급입니다."

자이언트 엔트라면 영혼형 괴물로서 거대한 나무에 깃들어 사람의 정기, 즉 에르그 에너지를 빨아먹는 괴물이다.

'먹을 것도 없겠군.'

이번 차원문에서는 얻을 게 없었다.

기껏해야 에르그 포인트와 아이템 정도.

'최대한 빠르게 보스만 잡고 끝낸다.'

게다가 세간의 집중은 충분히 끌어둔 상태. 이미 이쪽 세계에 있는 모든 이가 신혁돈의 행보에 집중하고 있었다.

더 이상 이목을 끄는 것은 의미가 없으니 광대놀음을 끝낼 때가 왔다.

마음을 다잡은 신혁돈은 석양빛으로 찰랑거리는 차원문을 향해 발걸음을 내디뎠다.

차원문을 클리어하는 방식에는 두 가지가 있다.

첫째는 클리어.

말 그대로 청소를 하는 과정으로 차원문 내의 모든 괴물을 처치하고 차원석을 부숨으로써 봉인하는 것.

두 번째는 헤드 헌팅.

붕괴가 얼마 남지 않은 차원문의 차원석이 건재하고 괴물들 또한 단시간 내 처리하기 힘들다 판단될 때 하는 방법으로, 최단의 루트로 보스 몬스터만 처리하고 차원석을 파괴하는 방법을 일컫는다.

"이번엔 헤드 헌팅으로 갑니다."

자이언트 엔트 차원문의 붕괴까지는 15일.

굳이 헤드 헌팅을 해야 할 정도로 짧은 기간이 남은 것은 아니었기에 마이더스 쪽 리더 임석호가 물어왔다.

"왜 헤드 헌팅으로 가는 겁니까?"

"얻을 게 없습니다."

자이언트 엔트는 영혼형 괴물.

괴물의 사체를 해체해 부산물을 얻을 수 있는 게 없다.

즉 다른 괴물들을 잡는 것보다 효율이 떨어진다.

그렇기에 붕괴까지 얼마 남지 않은 차원문이 아닌 이상 각성자들이 기피하는 차원문이 바로 자이언트 엔트의 차원문이었다.

"힘들지 않겠습니까?"

"예."

간결하게 대답을 마친 신혁돈이 주위를 둘러보았다.

어글리 베어의 차원문과 비슷한 구조.

거목이 시야를 어지럽힐 정도로 높이 자라 있고 햇빛이 들지 않았다.

그 탓에 바닥에는 썩은 나뭇잎이 가득히 깔려 있어 숲 전체에 습기가 가득 차 있었다.

"보스를 찾아라."

까악!

신혁돈의 말에 도시락이 높이 날아올랐다. 도시락이 높이 날아가는 것을 확인한 신혁돈이 다른 이들을 바라보며 물었다.

"백연희 씨 제외하고 화속성 메이지 계십니까?"

마이더스 측에서 한 명이 손을 들었다.

"두 분은 보스 몬스터 사냥에서 후방 정리를 맡아주십시오."

가만히 듣고 있던 고정훈이 물었다.

"왜입니까?"

나무가 불에 약한 것은 초등학생도 아는 상식. 당연히 최전방에 배치해야 할 두 사람을 후방에 두는 것은 멍청한 짓이었다.

"화속성 메이지 두 사람이 강하겠습니까, 아니면 나머지 스물한 명이 강하겠습니까?"

"당연히⋯ 스물한 명이 강하겠죠."

"그래서입니다."

고정훈이 멍하니 있는 사이 간수호가 손뼉을 치고선 말했다.

"그렇군!"

"예?"

신혁돈의 말뜻을 홀로 이해한 간수호가 의기양양해진 얼굴로 설명을 시작했다.

"화속성 메이지들이 목 속성에 강하다는 건 당연한 상식입니다. 하지만 여긴 숲입니다. 그것도 습기가 가득한."

"그게 무슨 문제가 됩니까?"

"일단 습기가 가득한 나무에는 불이 잘 안 붙습니다. 게다가 엄청난 연기가 나죠. 나머지 스물한 명의 사람이 사냥하기 까다로워진다는 뜻입니다."

"오, 그럴 수도 있겠군요."

간수호는 자신의 말이 맞느냐는 듯 눈을 빛내며 신혁돈을 바라보았고, 신혁돈은 고개를 끄덕이며 한마디를 덧붙였다.

"하나 더, 보스 몬스터의 온몸에 화염이 들끓고 있다면 근접해서 공격하는 밀리 계열 각성자들이 공격하기 힘들어집니다."

22명의 응시자는 2등급 후반의 각성자들. 자이언트 엔트를 상대해 본 적 없으니 그러려니 할 수 있었다.

하지만 3등급의 간수호와 고정훈이 이런 기초적인 정보를 모른다는 것에 새삼 시간을 되돌아왔다는 것이 피부로 느껴졌다.

차원문이 열린 지 이제 1년이 좀 지난 시점.

당연히 알려진 정보가 적을 수밖에 없고, 새로운 것에 익숙해지지 못한 이들은 갓 이등병이 된 군인과 다를 것이 없었다.

신혁돈이 말을 마치고 작전을 짜는 사이 도시락이 돌아왔다.

"그럼 출발합시다."

*　　　　*　　　　*

신혁돈이 이끄는 일행은 빠른 속도로 움직였다.

일행 모두 저번 육눈수리 차원에서 신혁돈의 전투 방식을 본 이들이기에 신혁돈의 오더를 잘 따라주었다.

"7시 흰 나무."

신혁돈의 말에 1조로 편성된 8명의 밀리 계열 각성자들이 거목을 향해 달려들었다. 그 순간 거목이 부르르 떨며 움직이기 시작했다.

거대한 나뭇가지들은 채찍처럼 휘며 각성자들을 노렸고, 나뭇잎은 비수가 되어 쏘아졌다.

"원래 이렇게 쉬운가요?"

신혁돈의 명령 덕에 메인 공격수에서 쩌리 신세가 된 백연희가 간수호에게 물었다.

간수호는 고개를 저으며 말했다.

"아뇨, 자이언트 엔트들은 기습의 귀재들입니다. 사방이 나무인 곳에서 어떤 나무가 공격해 올지 모르니 막기도 힘들죠. 그래서 보통 자이언트 앤트의 차원을 공략할 때는 모든 나무를 태워 버리거나 혹은 똘똘 뭉쳐서 천천히 전진하는 게 정석입니다."

설명을 들은 백연희의 고개가 모로 꺾였다.

"저 사람은 어떤 나무가 엔트인지 어떻게 아는 거죠?"

"그러게 말입니다."

결국 궁금증을 참지 못한 백연희가 신혁돈에게 다가가 묻자 신혁돈이 대답했다.

"감입니다."

"……."

이런 식으로 기습을 할 만한 자이언트 엔트들만 처리하며 전진하자 네 시간 만에 보스 몬스터의 영역에 들어설 수 있었다.

"작전대로 갑니다."

작전은 간단했다.

전투가 시작되면 몰려들 자이언트 엔트들을 메이지 계열의 마법사들이 막는다. 그사이 밀리 계열의 각성자들이 보스 몬스터를 물리치는 것이었다.

보스 몬스터의 영역에는 단 한 그루의 나무도 없었다.

대신 정중앙에 어지간한 5층 빌라만 한 크기의 거목이 서 있었다.

"…맙소사."

"저걸 무슨 수로……."

방금까지 신혁돈의 작전을 철석같이 믿고 있던 이들이 당황하며 뒷걸음을 쳤다. 그들의 시선이 자연스레 신혁돈에게로 향하자 그의 입가에 미소가 걸려 있다.

"왜… 웃고 계십니까?"

"작전 변경입니다."

"예?"

"디멘션 게이트 스톤 엔트, 일명 차원석 엔트입니다."

"들어본 적 있습니다. 몸속에 차원석을 지니고 있는 엔트

맞습니까?"

"맞습니다."

말을 마친 신혁돈은 모든 메이지를 모아놓고 말했다.

"모든 공격 마법을 한곳에 맞춰야 합니다. 간단히 구멍을 뚫는다고 생각하십시오."

"화속성은 어떻게 하나요?"

"상관없습니다. 모든 공격을 한곳에 집중시켜 구멍을 뚫는 게 중요합니다."

메이지들이 고개를 끄덕이자 신혁돈이 밀리 계열에게 말했다.

"마법이 적중하는 순간 보스 몬스터의 몸에 구멍이 뚫릴 겁니다. 우리는 그 구멍으로 들어가서 보스 몬스터 몸속에 있는 차원석을 부숴서 전투를 끝내야 합니다."

엔트는 영혼형 몬스터. 차원석을 부숴 버리면 힘의 근간을 잃고 나무를 조종할 힘을 잃는다. 즉 차원석을 부수는 것만으로 차원 내의 모든 몬스터를 정리할 수 있다는 뜻이다.

"…그게 가능합니까?"

"예."

단호한 대답에 질문을 한 이가 보스 몬스터와 자신의 검을 번갈아 보았다.

과연 이런 검으로 홈집이나 하나 낼 수 있을 것인가.

"신호와 함께 시작합니다."

"예."

"셋, 둘, 하나! 쏴!"

메이지들의 손에서 형형색색의 마법이 사출되었다. 그와 동시에 밀리 계열의 각성자들 또한 달려나갔다.

화염구와 얼음 화살, 날카로운 에너지 덩어리와 돌들, 그리고 번개까지 모든 속성이 어우러진 폭발이 끝남과 동시에 보스 몬스터의 몸에 거대한 구멍이 생겨났다.

"진입!"

보스 몬스터의 몸에 생긴 구멍은 빠르게 막히고 있었지만 밀리 계열 각성자들이 간발의 차로 진입할 수 있었다.

나무 속에 들어서자 두 사람이 어깨를 맞대고 걸을 정도의 길이 길게 펼쳐져 있다.

마치 미로처럼 펼쳐진 길을 신혁돈은 지도라도 들고 있는 듯 쭉쭉 달렸다.

일행이 달리기 시작하자 벽에서 갑작스럽게 나뭇가지가 자라나 공격하고, 어디선가 튀어나온 덩굴들이 일행의 발목을 낚아챘다.

하지만 모두 신혁돈의 경고, 혹은 그의 행동에 의해 막히고 있었다.

신혁돈의 바로 뒤에서 달리고 있던 고정훈은 그런 모습을 모두 눈에 담았다.

'이 사람이라면……!'

단순한 무위만이라면 최태성과 비견해도 꿇릴 것이 없다.

게다가 마치 모든 상황을 미리 알고 있는 듯 유연하게 대처하는 모습이 계속해서 눈에 띄었다.

신혁돈의 등을 바라보던 고정훈은 머리를 휘휘 저어 생각을 털어냈다.

지금은 다른 생각을 할 때가 아니었다.

어두웠던 길이 끝나가고 오렌지 홀 차원석 특유의 영롱한 석양빛이 통로를 밝히고 있었다.

길이 끝난 순간, 그 어디서도 본 적 없는 거대한 차원석이 그들의 눈앞에 모습을 드러냈다.

"…맙소사!"

거의 2톤 트럭만 한 크기에 일행은 차원석을 부숴야 한다는 생각도 하지 못한 채 걸음을 멈추었다.

그사이 신혁돈은 위해머를 뽑아 들고 어글리 베어 인간 폼을 발동시켰다.

순식간에 근육이 부풀어 오른 신혁돈은 달려오던 관성을 그대로 실어 차원석을 내려쳤다.

쩡!

단 한 방에 금이 가며 보스 몬스터의 몸 전체가 흔들렸다.

겨우 균형을 잡은 이들 또한 각자의 무기를 뽑아 들고 차원
석을 향해 달려들어 내려치기 시작했다.

쩡! 쩡!

십수 명이 달라붙자 순식간에 차원석이 깨졌다.

그와 동시에 그들을 둘러싸고 있던 나무 벽은 고체가 기체
가 되듯 바스러져 사라졌고, 그 사이로 거대한 에르그 코어가
떠올랐다.

엄청난 크기의 에르그 코어는 사방에서 날아오는 에르그
에너지에 의해 계속해서 크기를 불리고 있었다.

차원 내에 존재하던 모든 자이언트 엔트들이 근원을 잃고
사망하면서 모든 에르그 에너지가 이리로 모이고 있는 것이었
다.

"엄청난 크기네요."

어느새 밖으로 나와 모인 사람들이 에르그 코어를 올려다
보며 말했다.

거의 직경 3m는 될 법한 에르그 코어가 주황색으로 발광
하고 있었다.

기여도에 따라 에르그 코어를 나누고 나자 신혁돈에게는
거의 2m에 달하는 에르그 코어가 남았다.

신혁돈이 에르그 코어에 손을 얹은 순간,

주황빛이 하나의 형체로 압축되었다.

"아이템이다!"

흥분한 주변 사람들이 무안할 정도로 신혁돈은 차분히 기다렸고, 곧 반지 하나가 완성되었다.

숲의 벗[Set]

ㅡ숲에 들어서면 몸이 가벼워집니다.

ㅡ숲에 들어서면 힘이 강해집니다.

ㅡ숲에 들어서면 눈이 밝아집니다.

ㅡ숲에 있는 모든 생명체와 우호적인 관계가 형성됩니다.

ㅡ성장이 가능합니다.

ㅡ조건이 밝혀지지 않았습니다.

숲의 벗.

아이템의 효과를 확인한 신혁돈은 자신의 손가락에 끼워져 있는 정신의 벗을 바라보았다.

자세히 보자 무늬는 달랐지만 크기와 외형이 똑같았다.

'세트 아이템!'

신혁돈은 무슨 아이템인지 기대하고 있는 이들에게 말했다.

"그냥 능력치 올려주는 반지입니다. 나가죠."

하지만 다른 이들의 눈초리는 쉽게 거두어지지 않았다. 저렇게 거대한 에르그 코어에서 나왔으니 다른 능력이 있을 거라 생각하는 이들이 태반인 탓이다.

신혁돈은 그런 이들의 눈길은 무시한 채 간수호와 고정훈에게 다가갔다.

"시험 결과는 언제 나옵니까?"

"일주일 내로 알려드리죠."

"알겠습니다. 그럼 나중에 뵙죠."

인사를 마친 신혁돈은 차원석이 깨지며 생긴 차원문을 통해 밖으로 나왔다.

정리를 마친 신혁돈이 핸드폰을 꺼내보자 윤태수로부터 부재중 전화가 찍혀 있다.

전화를 걸자 윤태수가 바로 전화를 받았다.

"무슨 일이냐?"

—형님, 전에 형님이 말씀하신 갈색 머리에 허여멀건 놈, 그 사람 왔습니다.

"그래? 바로 가마."

—예, 조금 있다 뵙겠습니다.

*　　　*　　　*

어깨에 도시락을 엱은 신혁돈이 미래흥신소 사무실로 들어섰다.

까악!

울음소리를 토한 도시락이 자신의 지정석으로 날아갔다.

이제 윤태수와 떨거지들은 익숙해졌는지 인상을 찌푸릴 뿐이었지만 백종화는 달랐다. 눈을 크게 뜨고서 도시락을 바라보고 있다.

도시락은 자신을 뚫어지게 보고 있는 백종화가 마음에 들지 않는지 다시 한 번 홰를 치며 기성을 질렀다.

깍깍!

그제야 백종화가 신혁돈을 바라보며 물었다.

"저거… 안전하긴 합니까?"

"그거 물어보려고 온 건 아닐 텐데?"

신혁돈이 소파에 앉으며 뱉은 말에 정신을 차린 백종화가 헛기침을 하며 말했다.

"당신이 말했죠. 3일……."

"형이라 불러라."

묘한 기시감에 윤태수와 떨거지들이 서로를 바라보았다. 그리곤 고개를 끄덕이며 생각했다.

'저 인간은 이런 식으로 인간관계를 만들어가는구나.'

백종화가 인상을 구기고 있는 사이 노란머리가 옆의 덩치에게 말했다.

"난 사흘 본다."

"그건 좀 짧은데. 난 일주일."

"콜. 5만 원?"

"콜."

가만히 듣고 있던 윤태수가 물었다.

"무슨 내기냐?"

"저 백종화란 사람이 혁돈 형님한테 형님이라 부를 때까지 걸릴 시간 내기합니다."

윤태수가 피식 웃음을 흘리고 말했다.

"하루에 50만 원."

노란머리와 덩치가 망설이며 서로를 바라보자 윤태수가 말을 이었다.

"쫄리면 뒈지시던가."

"콜!"

"나도 콜!"

백종화가 미간을 찌푸리며 말했다.

"그럴 일 없습니다."

신혁돈 또한 미소를 짓고 있다가 백종화에게 말했다.

"말이나 마저 해."

"…예, 어쨌거나 당신이 말했죠. 3일 안에 메이지 클래스로 만들어주겠다고."

"그랬지."

"그 대가는 당신의 곁에서 1년간 무보수로 일하는……."

"누가 무보수래? 태수야, 네가 너 공짜로 부려먹은 적 있냐?"

"에이, 형님이 그런 양아치 같은 짓을 하실 분이 아니지 말입니다. 그런 일 있냐, 얘들아?"

"없습니다, 형님!"

마치 조폭 영화의 한 장면 같은 분위기에 백종화의 미간이 찌푸려졌다.

"점점 신용이 안 가기 시작하는데……."

신혁돈이 소파에 기대고 있던 허리를 펴며 말했다.

"장난은 그만하지. 반가워서 그랬다. 어쨌거나 여기까지 왔다는 건 하려는 마음이 있으니까 온 거잖아."

"그렇긴 한데……."

"믿음이 안 간다?"

"그거죠."

"3일 안에 보여준다니까."

백종화는 긴 한숨을 내쉬며 생각에 잠겼다. 그사이 노란머리가 커피를 타와 신혁돈의 앞에 두었다.

"3일… 믿어보죠."

"잘 생각했다."

뜨거운 커피를 단숨에 마신 신혁돈이 일어서며 말했다.

"가자."

"어딜 갑니까?"

"차원문. 태수야, 차 좀 빌리자."

"예."

*   *   *

차를 타고 이동하는 도중 신혁돈이 말했다.

"레드 홀로 지혜 씨 오라고 해."

"지혜 씨는 왜요?"

"필요하니까."

"…그러니까 왜 필요하냐구요."

"거참, 마누라냐?"

"그런 관계 아니라니까……."

"아니, 백종화, 너 뭘 사사건건 다 물어봐? 필요하고 이유가 있으니까 시키겠지."

백종화는 인상을 찌푸렸지만 신혁돈은 앞만 보고 운전할 뿐이다. 다시 한 번 긴 한숨을 내쉰 백종화가 핸드폰을 꺼내 들었다.

레드 홀에 도착하고 얼마 지나지 않아 안지혜가 택시를 타고 나타났다.

"또 뵙네요."

"예."

인사를 마친 세 사람은 레드 홀 F등급의 차원 문으로 들어 갔다.

무언가 궁금한 게 있는지 백종화는 계속 입을 오물거렸지 만 또 마누라라는 소리를 들을까 봐 입을 다물었다.

차원문으로 들어서자 드넓은 평야가 펼쳐져 있다.

산도 나무도 없는 거친 평야에 몇 마리의 괴물이 눈에 들어 왔다.

"큰 머리 늑대군."

가등급 시험 당시 본 몬스터로 머리가 몸의 1/2을 차지하 는 기형적인 괴물이다.

물론 머리 크기만큼의 한 방이 있는 녀석이었다.

"여긴 왜 온 겁니까?"

신혁돈은 바닥에 굴러다니는 돌 몇 개를 골라 들며 말했다.

"자, 싸워봐."

신혁돈이 돌을 집어 던지자 돌에 맞은 큰 머리 늑대들이 컹 컹거리며 이쪽을 향해 달려오기 시작했다.

이를 악문 백종화가 검을 뽑아 들었고, 안지혜가 그 옆에 섰다. 그러자 신혁돈이 안지혜의 앞에 서며 말했다.

"지혜 씨는 잠깐 빠져요."

안지혜는 고개를 돌려 달려오는 큰 머리 늑대를 보았다.

늑대의 수는 다섯 마리.

2등급 초반의 밀리 계열 각성자라면 무리 없이 잡을 수 있
는 수다.

안지혜가 백종화를 한 번 바라본 뒤 한 걸음 물러섰다.

백종화는 안지혜가 물러서든 말든 큰 머리 늑대들을 바라
보며 타이밍을 재고 있었다.

제일 먼저 달려온 놈이 스킬 사거리에 든 순간.

세 번 베어라!

자신의 스킬을 발동시키며 앞으로 달려들었다.

조금 위험한 타이밍도 있었지만 백종화는 별 무리 없이 다
섯 마리의 큰 머리 늑대를 사냥하는 데 성공했다.

안지혜는 자신의 일인 양 기뻐했고, 신혁돈은 팔짱을 낀 채
로 말했다.

"세 번 베어라. 올려 베어라. 그리고… 하나가 뭐였지? 뒤돌
아 베어라였나?"

백종화의 미간이 얻어맞은 듯 찌푸려졌다.

스킬 이름을 말하면서 사용하는 건 스킬을 사용하며 집중
해야 하는 메이지들이나 하는 행동이다.

밀리 계열의 각성자들은 굳이 스킬 이름을 외칠 필요 없이

스킬을 사용한다는 생각만으로 발동시킬 수 있었다.

백종화도 마찬가지.

이번 전투에서 스킬명을 소리 내어 말한 적은 없었다.

"내 스킬 이름을 어떻게 안 겁니까?"

"그게 중요한 게 아니야. 너와 일반 밀리 각성자들의 다른 점이 중요한 거지."

백종화가 아리송한 표정을 짓자 신혁돈이 말했다.

"보통은 올려 베기, 세 번 베기, 뒤돌아 베기 이런 식이지, 뒤에 ～해라라는 말이 붙지 않는다."

백종화가 고개를 끄덕이자 신혁돈이 말을 이었다.

"네 스킬은 '검술'이 아니라 '언령'이다. 말에 힘을 담아 스킬을 발동시키는 유니크 등급 스킬. 그중에서도 최상급에 랭크되어 있는 스킬이지."

"언령?"

그 순간 백종화의 눈이 초점을 잃었다.

그리곤 백종화의 몸에서 흐르던 모든 에르그 에너지가 들끓기 시작했다. 안지혜가 백종화를 향해 달려가려 했지만 신혁돈이 그녀를 막아섰다.

"왜… 왜 저러는 거죠? 당신, 무슨 짓을 한 거예요?"

"반푼이를 한 푼은 하게 만들어줬지."

안지혜가 에르그 에너지를 끌어올렸다. 순식간에 주변에 있는 돌들이 허공으로 떠오르며 신혁돈을 겨누었다.

"당장 비켜요!"

팔짱을 끼고 서 있던 신혁돈이 안지혜를 바라보며 말했다.

"조금만 기다려 봐요. 백종화가 나한테 절을 하는 모습을 볼 수 있을 테니까."

"진짜 쏠 거예요!"

그 순간 신혁돈의 주먹이 안지혜의 턱으로 쏘아졌다.

안지혜가 기겁을 하며 눈을 감았다.

"이런 게 협박이지."

신혁돈의 목소리에 눈을 뜨자 신혁돈은 어느새 백종화의 앞에 서 있었다. 안지혜가 무어라 외치려는 순간 백종화의 몸 속에서 날뛰던 에르그 에너지가 안정이 되었고, 얼마 지나지 않아 눈을 떴다.

그리곤 말했다.

"…형님, 감사합니다."

안 그래도 커다란 안지혜의 눈이 두 배로 커지며 신혁돈을 바라보았다.

신혁돈이 피식 웃으며 백종화를 바라보며 말했다.

"절하라고 시키면 할 거지?"

백종화는 두말할 것도 없이 몸을 숙여 절했다.

"내가 말했지? 절할 거라고."

"…맙소사!"

*　　　　*　　　　*

안지혜가 마법을 사용해 돌무더기를 띄워 올렸다.

그 앞에 선 백종화가 눈을 부릅뜨고 외쳤다.

"떨어져라! 떨어져라! 떨어져라!"

과거 백종화가 메이지 잡는 메이지로 이름을 날릴 수 있던 이유는 바로 언령을 이용한 디스펠에 있었다.

디스펠.

마법을 취소하는 마법으로서 상대가 에르그 에너지로 스킬을 발동시키기 전에 자신의 에르그 에너지를 이용해 발현을 막는 스킬이다.

디스펠을 사용하는 방법까지는 신혁돈도 몰랐기에 이런 주먹구구식의 교육을 취할 수밖에 없었다.

돌을 향해 악을 쓰는 백종화를 바라보던 신혁돈은 숲의 벗과 정신의 벗을 살폈다.

세트 아이템 두 개가 모였으니 세트 아이템 효과가 발동되었을 것이다.

[모두의 벗]

[정신의 벗 , 숲의 벗]

ㅡ정신의 벗 효과가 10% 증가합니다.

ㅡ숲의 벗 효과가 10% 증가합니다.

ㅡ밝혀지지 않은 효과입니다.

다른 효과는 눈에 들어오지 않고 정신의 벗 효과가 10% 증가했다는 말만 들어왔다.

이번에 얻은 스킬 '스피릿 링크'로 인해 여러 괴물의 힘을 동시에 사용할 수 있지만 그만큼 잠식의 속도가 빨라질 것이다.

하지만 숲의 벗을 얻으며 그 속도를 늦출 수 있게 되었다.

'가이아의 안배인가…….'

"떨어져라! 떨어져라! 떨어… 졌다!"

효과를 모두 살핀 신혁돈이 눈을 돌리자 백종화의 발밑에 흩어져 있는 돌들이 보였다.

"됐군."

스킬을 발동시켰다.

이제는 본인의 노력만 남은 셈이다.

"3일 걸릴 거라 생각했는데 잘했다."

"다 형님 덕입니다."

"그만해라. 낯간지럽다."

"예, 형님."

신혁돈은 씩 미소를 지으며 백종화의 어깨를 두들겨 주었다.

"앞으로는 네 노력에 달렸다."

"죽도록 노력하겠습니다."

"그래, 연습 좀 하다가 해 지면 와라. 저녁이나 먹자."

"예!"

기뻐하는 두 사람을 뒤로한 채 신혁돈이 차원문의 밖으로 나왔다.

'이제 남은 건 민희뿐인가.'

김민희를 생각하는 것만으로도 웃음이 났다.

제 몸보다 커다란 아이기스의 방패를 들고 모든 괴물을 후려치고 다니던 여전사.

'운동하고 있으려나.'

육상 꿈나무였던 김민희는 오늘도 열심히 달리고 있을 것이다.

그때 신혁돈의 핸드폰이 울렸다.

"누구십니까?"

―신혁돈 씨 핸드폰 맞습니까?

"그런데요."

―저 고정훈입니다. 마이더스 스카우터.

미소를 짓고 있던 신혁돈의 입꼬리가 올라갔다.

방금과 같은 얼굴이었지만 눈이 달라진 미소.

"예."

―드릴 이야기가 있는데… 전화로는 좀 그래서요.

"그럼 만나죠."

―아, 예.

고정훈과 약속을 잡은 신혁돈은 전화를 끊었다.

'완벽하군.'

모든 톱니바퀴가 신혁돈의 계획대로 맞물려 돌아가고 있었다.

『괴물 포식자』 2권에서 계속…

검자 新무협 판타지 소설
FANTASTIC ORIENTAL HEROES

목탁

해적으로 바다를 누비던 청년,
절해고도에 표류해… 절대고수를 만나다!

"목탁은 중생을 구제하는
좋은 이름일세"

더 이상 조무래기 해적은 없다!
거칠지만 다정하고, 가슴속 뜨거운 것을 품은

목탁의 호호탕탕 강호행에
무림이 요동친다!

Book Publishing CHUNGEORAM

유행이 아닌 자유추구
WWW.chungeoram.com

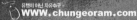